LA MAISON
DES TEMPS ROMPUS

Pascale Quiviger

LA MAISON
DES TEMPS ROMPUS

roman

Boréal

Les Éditions du Boréal reconnaissent l'aide financière du gouvernement du Canada par l'entremise du Programme d'aide au développement de l'industrie de l'édition (PADIÉ) pour ses activités d'édition et remercient le Conseil des Arts du Canada pour son soutien financier.

Les Éditions du Boréal sont inscrites au Programme d'aide aux entreprises du livre et de l'édition spécialisée de la SODEC et bénéficient du Programme de crédit d'impôt pour l'édition de livres du gouvernement du Québec.

Dépôt légal : 3ᵉ trimestre 2008
Bibliothèque et Archives nationales du Québec

Diffusion au Canada : Dimedia

Catalogage avant publication de Bibliothèque et Archives nationales du Québec et Bibliothèque et Archives Canada
   Quiviger, Pascale, 1969-
   La Maison des temps rompus
   ISBN 978-2-7646-0616-2
   . I. Titre.

PS8583.U584M34   2008   C843'.6   C2008-941458-6
PS9583.U584M34   2008

Pour Emmanuelle et Andrée —
à cause d'Élie

Les rendez-vous donnés par la face au profil
Par la souffrance à la santé par la lumière
À la forêt par la montagne à la vallée
Par la mine à la fleur par la perle au soleil
Nous sommes corps à corps nous sommes terre à terre
Nous naissons de partout nous sommes sans limites

PAUL ÉLUARD, *Notre mouvement*

Le dedans du dehors

Ma maison est aussi proche de la mer qu'une maison peut l'être avant de devenir un bateau. Aussi proche de la mer que l'est un bateau lorsqu'il échoue à être un bateau, et je veux dire par là : lorsqu'il échoue tout court.

D'ici, je domine parfois le paysage, parfois je ne vois rien. Dans ma vie intérieure, ce dedans du dehors, je n'existe qu'impalpable.

Je vais écrire.

Quand on se retrouve prisonnière d'un aussi vaste horizon, quand la berge se défile et que la plage parcourue de long en large n'aboutit plus qu'à une seule maison, toujours la même, avec sa fenêtre unique, immense, son œil de naufragée, il ne reste plus qu'à déposer devant soi, d'une manière ou d'une autre, le nœud qui nous étrangle. On ne peut plus faire semblant.

Pendant longtemps, je ne fus jamais seule ou, du moins, je ne croyais pas l'être. Nous étions deux. Nous étions deux depuis la naissance et pour l'éternité. Deux à la manière des enfants, fondée sur une sorte de croyance en des choses qui ne meurent pas. Prenons deux cordes, de celles qui tiennent les navires amarrés, deux fortes tresses de lin, mouillées, serrées, et faisons un nœud entre elles, de ceux que seuls les marins peuvent défaire : à l'endroit du nœud, les cordes se confondent — c'est là que nous vivions.

De ma maison, j'habite surtout la pièce qui regarde la mer. J'ai mis devant la fenêtre une table carrée aux angles droits. Elle reste là, campée jour et nuit comme un gardien de phare, les mains sur les hanches, à surveiller l'horizon, les boucles blanches de la mer, ses bouillons, attentive à la page de la plage si souvent effacée, réécrite, son brouillon. J'ai longtemps rêvé d'une table comme celle-là, et qui aurait la patience de m'attendre.

Ma maison vue de la plage a l'air d'un aquarium. Il n'y a pas de rideau à la fenêtre, c'est pourquoi elle ressemble à un œil écarquillé et aussi, étrangement, à l'espoir vain d'un aveugle. Dans cet aquarium, je tends à décrire constamment les mêmes arcs de cercle. De jour en jour, le vernis du plancher s'écaille sur ma trajectoire, à cause des grains de sable sous mes semelles.

Hier après-midi, il ventait. Sur ma jupe, sous ma jupe, sur mes cuisses et sur mes mains. Ce n'était pas un vent comme d'habitude, torride ou glacial. C'était un vent crémeux sur une peau nouvelle, un vent comme pour la première fois. Un vent d'entre les pages, calme, un effleurement graduel amical. Les spectres s'acheminent en surface. Ce qui se produira ensuite, c'est le mot à mot par lequel ils trouveront moyen de s'échapper lentement, comme des prisonniers creusent un tunnel à la petite cuiller. À la place des choses qui ne meurent pas, il y aura alors un espace vide de ce qu'il n'est plus et vide de ce qu'il n'est pas encore, un espace de potentialités intactes. Il y aura deux cordes libres de leurs flottements et de leurs amarrages.

J'espère délivrer ces mots à mots un par un peu à peu, pour m'en revenir dans l'espace du ventre, celui d'après les naissances, d'avant les conceptions, et dans le flou des cordes, celui de leurs voyages. J'espère trouver le chemin hors d'ici où rien ne manque, sauf ailleurs.

Il convient de commencer par la fin. Par le début de la fin, qui est en soi un commencement : je voulais une maison.

Je voulais une maison pour qu'elle m'avale, je me souviens avoir pensé : j'aimerais tant être nulle part. Être nulle, annulée. Une maison, si possible au bord de la mer, comme antidote à l'étroitesse d'horizon.

Je n'eus pas à chercher. Je marchais sur un sentier de la côte, le 15 avril dernier, quand je lus « En vente » sur une pancarte rouillée. « En vente, bord de mer ». Au pied de la pancarte, une piste de terre battue dévalait une pente abrupte, je me sentis soudain fatiguée et je rebroussai chemin. J'y repensai cependant, plusieurs fois le même jour, puis de façon presque obsessive le lendemain. Ma fatigue, je le sais maintenant, était de celles ressenties parfois lorsqu'un appel tant attendu nous est finalement adressé. On pense : « Non, pas déjà. » On pense : « Laissez-moi donc tranquille. »

Je revins le surlendemain. En roulant lentement, je mis une heure et demie pour parvenir à Pirogue. J'approchais de la côte, je voyais son reflet sur les nuages et le reflet des nuages sur les champs. La route grimpait jusqu'au village, le traversait, puis se dispersait en chemins clairs, terreux, tassés par la pluie en creux, bosses et cailloux pointus. Je garai la voiture sur un terrain vague, vaguement destiné à cet usage. Le cadran de la voiture marquait dix-sept heures.

Je parcourus à pied deux kilomètres sur l'une des routes de terre avant de retrouver l'indication « Bord de mer ». Je m'engageai sur la piste de moins en moins large, et de plus en plus abrupte. Je glissai plusieurs fois et perdis même une sandale ; le chemin était mauvais et la mer semblait reculer à mesure que j'avançais vers elle. Seuls les cris des goélands en annonçaient la proximité, mais, malgré leurs complaintes sonores, je commençai à craindre de ne pouvoir revenir à la voiture avant le coucher du soleil.

Au fin creux du vallon, la piste se resserrait jusqu'à disparaître dans le giron d'une dune. J'y entrai, ne distinguant d'abord que des dunes à l'infini ; au bout d'un moment, cependant, j'aperçus un portail camouflé dans un foisonnement de plantes grasses et perché à une vingtaine de mètres en hauteur sur ma droite. Je m'en approchai prudemment, harcelée par les épines, le sable dévalant sous mes pas. Les plantes grasses étaient de celles qui portent une seule épine bien placée au bout de leurs grosses feuilles invitantes, épaisses, d'un beau vert tendre virant au violet ; de celles qui ressemblent de loin à une fleur à peine éclose et, de près, au sourire figé d'une éternité cireuse.

J'écrasai mon nez sur les planches ajourées du portail pour tenter de jeter un œil sur la propriété. C'est dans cette position gênante que me surprit le glissement du loquet. La vieille dame ne me fit pas entrer tout de suite. Elle se tint devant moi, droite dans la mesure de ses rhumatismes, et me considéra longuement. Mon visage, surtout.

Quant au sien, son visage : les glycines qui s'évadaient par le portail entrouvert glissaient pâles entre ses joues et encerclaient son œil pointu. D'épais cheveux, blancs. Une main plus grosse que l'autre, toutes deux noueuses. Nez fin. Une ligne, seulement, pour la bouche. Menton bref. Elle murmura : « Bien sûr », comme si je lui avais posé une question. Puis elle s'écarta et je fis mon premier pas dans le jardin.

La lumière. Transparente. Perspicace : parvenant sur chaque feuille caillou brin d'herbe, épine pierre carreau de fenêtre, recoin mousseux grain de sable pétale avec une égale abondance. Montrant, précisant, aiguisant sans rien dérober. Des fleurs, mais pas trop. Exultantes. Spontanées. Feuillages découpant l'ombre en tout petits morceaux. Coquelicots s'échappant des murs. Iris tirant la langue. Herbes longues. Orties en vrac. Marches de bois irrégulières. Toiles d'araignées majeures, dorées. Potager contenu dans des pierres alignées, à la tenue militaire. La vieille dame souriait de me voir sourire. Mille ans trottinaient dans les rigoles de son visage et, derrière elle, un cerisier s'écoulait comme une neige. Comment tout cela pouvait-il pousser dans le sable, dans le vent salé de la mer, dans des saisons si extrêmes, je ne me le demandai que bien plus tard ; en cet instant, le lieu m'apparut dans un halo de nécessité, d'indiscutable naturel.

Elle marchait à pas très lents, montrait avec de très lents gestes et ne disait surtout rien. Je la suivais, gagnée par la même lenteur, si inhabituelle pour moi. Dans une mare d'eau de pluie, des grenouilles phosphorescentes, le bruit mouillé de leur fuite à notre arrivée. Une table basse, une bêche tordue, une chaise bancale. Une remise humide, encombrée. Prunier, abricotier, poirier, deux pommiers. Cent vingt pas réguliers du mur à la table, de la maison au portail. Trois amples gestes rhumatoïdes embrassaient tout, arbres et fleurs, le régiment de légumes et l'herbe leste, tiède, penchée.

J'étais là, debout, stupéfaite devant cette toute petite femme, ses mains calleuses remplies d'un temps fabriqué dans le silence et dans la pousse de tout. La mer mauve, une ligne droite seulement, couronnait cette divine imprécise précision, ce désordre parfaitement ordonné.

Je me trouvais dans le plus-que-jardin, là où le savoir-laisser-faire déclassait le savoir-faire. Ils souriaient tous, là-dedans, grenouilles, prunier, bêche. Ils capturaient une lumière venue non plus d'ailleurs, mais d'ici même, du présent, du premier temps qu'on apprend à conjuguer, du premier temps dont on oublie le secret. Une lumière incisive. Profonde. Battant sur chaque objet comme son cœur propre, cristallin, rebondissant sur lui, venant de partout à la fois, d'en haut, d'en bas, de l'extérieur, de l'intérieur, de la nuit et du jour, du proche et du lointain.

Nous n'avions toujours rien dit lorsqu'elle me fit entrer dans la maison. Bien faite. Un seul étage. En pierres recouvertes de chaux, murs épais, fenêtres étroites. Chaude l'hiver, fraîche l'été. La mer, de l'intérieur, demeurait invisible.

L'entrée menait à un salon et à une grande cuisine qui donnait sur une chambre et une salle de bains. C'était beaucoup d'espace pour une seule personne, beaucoup plus que ne le laissait présager l'apparence extérieure de la maison.

Elle ouvrit une à une les portes des quatre pièces, et, chaque fois, la lumière m'assaillit comme un chien de garde. Telle qu'au jardin, précise, exacte : un bistouri. Comment est-ce possible, pensai-je, avec des fenêtres aussi étroites ? Elle atterrissait, muette, sur des meubles massifs et sur un plancher d'érable mal équarri, du genre de ceux qu'on ne peut balayer.

Le décor respirait une élégance de classique relié, à la couverture de cuir. Des meubles engoncés dans la densité du bois, l'opacité du vernis, l'épaisseur des souvenirs qu'ils contiennent comme du vin à vieillir. Immobiles, éternels : le haut bahut du salon, l'imposante table de cuisine, le lit carré, les abat-jour tressés, les rideaux de velours, l'évier de marbre, le coffre de pirate, le poêle à bois faisant aussi office de cuisinière. La baignoire à pattes. Comment d'aussi gros meubles avaient-ils pu dévaler intacts la pente qui avait laissé mes sandales en état de choc? Sans doute étaient-ils arrivés par bateau.

La poussière flottait à contre-jour. L'eau des robinets coulait transparente et fraîche. Elle me la fit goûter en m'indiquant la source voisine d'un geste plutôt vague. La mer était proche — « beaucoup plus proche que vous ne pouvez l'imaginer », m'assura-t-elle à demi-voix, sur un ton confidentiel. Elle parlait lentement et souriait, d'un air entendu. Elle avait choisi de vivre sans téléphone et sans électricité. Elle s'appelait Adrienne Chantre. D'un air entendu.

J'avais connu une Adrienne Chantre auparavant, mais elle ne lui ressemblait pas. Ce fait m'intrigua sans pourtant que j'en fasse grand cas. C'est seulement plus tard, une fois installée dans la maison, que tout m'apparut d'une parfaite évidence.

Pour une raison qui m'échappait, elle semblait avoir de l'affection pour moi. J'en éprouvai moi-même pour elle, spontanément. J'aurais voulu savoir son âge, si elle avait des enfants, depuis quand elle vivait ici. Je n'osais pas demander. Elle ne m'éclaira pas davantage lorsqu'en réponse à une timide question de ma part elle répondit simplement : « Je ne vais nulle part. »

Je pris congé d'elle en serrant sa main noueuse et refermai le portail qui grinça. Bien sûr, j'aurais pu me méfier, mais cela n'aurait rien changé.

Je peinai sur la pente, pourtant soulagée de retrouver ma sandale à mi-chemin. Quand je démarrai la voiture, le cadran marquait encore dix-sept heures et je

l'affligeai d'un coup sec pour le remettre en marche —
mon unique méthode pour remettre en marche toutes
les pièces de la voiture.

Le prix de la propriété était exceptionnellement
bas, je m'en aperçus lorsque je donnai un coup de fil à
mon amie Marcelle, agente immobilière. Elle me
demanda si je soupçonnais des vices cachés, si j'avais
noté des fissures dans les murs ou les fondations, si
j'avais exigé les factures des plus récents travaux de
plomberie, si j'avais inspecté les toilettes, si les cadres
des fenêtres et des portes étaient à angle droit, si le plafond présentait des traces d'humidité, si j'étais montée
sur le toit pour examiner la couverture — « Comment,
il n'y a pas de téléphone? Pas d'électricité? Un chemin
non carrossable, difficile d'accès? Hum. Et pourquoi
est-ce qu'elle vend, au juste, cette petite vieille? »

Je ne savais que répondre, ayant cru madame
Chantre sur parole et n'ayant vraiment remarqué que
l'exceptionnelle qualité de la lumière et du silence.

« Tu sais, c'est une région de plus en plus cotée
du point de vue touristique, un bon investissement,
mais il vaut mieux comprendre pourquoi le prix est si
bas. Veux-tu que nous allions la revisiter ensemble? Ou
veux-tu prendre des photos et je te donnerai mon
avis? »

L'idée des photos me plaisait davantage que le
chaperonnage de Marcelle. Je me sentais passablement irritée, une sensation qu'elle a le don de provo-
quer chez moi.

« Merci, Marcelle, mais j'ai toute confiance en la propriétaire. Je suis persuadée qu'elle vend parce qu'elle ne peut plus assurer l'entretien de la maison. Naturellement, viens quand tu veux, dès que je serai installée.

— Très bien, si tu es sûre de toi. En tout cas, conclut-elle sombrement, téléphone la première étant donné qu'on ne pourra plus te joindre. »

Les réticences de Marcelle inspirèrent tout au plus, sous ma liste d'épicerie, quelques questions d'ordre pratique destinées à madame Chantre. En vérité, j'avais déjà commencé à penser à cette maison comme si c'était la mienne. Tous mes motifs d'achat étaient bien en deçà des fissures, tuiles ou cadres de portes : c'était ma maison, mon jardin, c'étaient mes grenouilles. Aucun lieu jusqu'ici ne m'était apparu plus réel, plus dense, plus serein, aucune personne plus honnête qu'Adrienne Chantre.

J'y retournai le surlendemain. J'eus d'abord du mal à trouver la piste, la pancarte « En vente » ayant disparu. Il ne restait plus que le poteau, tout nu, tout maigre dans l'immense paysage. Ma descente au paradis fut cependant plus aisée, parce que j'avais chaussé des bottes de marche, mais aussi parce que des cordes facilitaient les passages les plus abrupts. Que ces cordes aient pu échapper à mon attention l'avant-veille me surprit sans me troubler.

Adrienne Chantre m'ouvrit de la même façon, avant que j'aie frappé et sans faire grincer le portail, avec les mêmes rigoles, yeux perçants, mains noueuses. Nous conclûmes la vente en moins de dix minutes. J'entrepris d'abord de lui poser les questions qui figuraient sur ma liste chiffonnée. En se penchant vers moi avec son air de profonde confidentialité, elle me fournit des réponses si déconcertantes que j'abandonnai la partie.

« Électricité ? Pour quoi faire ?

« Ravitaillement ? Vous ne manquerez de rien.

« Facilité d'accès ? Vous n'en voulez pas. »

Je lui fis sur-le-champ une offre d'achat qui dépassait le prix demandé. Elle m'opposa doucement que le prix demandé était son dernier mot et qu'elle n'accepterait rien de plus. Incroyable, mais vrai : mes modestes économies me permettraient de payer sans l'ombre d'un emprunt. Elle me donna les coordonnées du notaire qui devait se charger du contrat de vente et des modalités de paiement.

Je lui demandai la permission de prendre quelques photos de la propriété. Elle parut enchantée. L'heure était propice à de belles images. Je me laissai emporter par l'exubérance du jardin. J'immortalisai Adrienne Chantre devant sa maison, un triangle de soleil traversant son visage, glissant sur la porte et s'allongeant sur les marches de pierre. Je lui en promis une copie.

Pour célébrer notre entente, elle m'offrit une liqueur de cerise. Elle m'indiqua la chaise bancale dans la partie ombragée du jardin et une bouteille opaque sans étiquette, d'une teinte profonde, presque violente, qui nous attendait sur la table. Elle prit place sur une bûche, en face de moi. Avec deux verres minuscules dans une main, elle entreprit d'ouvrir la bouteille de l'autre, la tenant couchée et serrée comme un enfant entre ses bras. Après nous avoir servies, elle déposa la bouteille d'un coup sec sans pourtant qu'elle ne résonne sur le bois de la table. Elle m'adressa un regard soutenu et un brusque sourire en me tendant le verre plein d'un liquide épais, couleur rubis.

Je levai mon verre. Elle leva le sien. Dans son verre, le liquide était transparent. Son sourire était bref, franc et sincère, mais empreint de la tristesse de ceux qui sont déjà partis.

Le lendemain matin, j'appelai le notaire, qui me donna rendez-vous l'après-midi même dans une maison cossue de Pirogue. Il était chauve, pâle, sérieux et raide dans sa chemise amidonnée. Si j'avais eu à décrire un notaire, je l'aurais décrit exactement ainsi. Il était maigre, avec une voix nasale et des ongles parfaits. Il m'énerva sans bornes, surtout les ongles. Il promit de me contacter sous peu, ce qu'il fit deux semaines plus tard pour déclarer, solennel : « La maison est à vous. Vous pourrez en prendre possession dès la première semaine de juin, le temps que madame Chantre prenne ses dispositions. »

Je me rendis en bord de mer, pour déterminer la date du déménagement. La pente, les cordes, les dunes. À droite, à gauche, le harcèlement des épines, la mer dérobée par endroits, le ciel bas, ses pâles sourcils froncés au nord. Les cris des goélands.

Adrienne Chantre fit glisser loquet porte sourire et j'entrai dans le jardin enchanté. Je fus prise de nouveau par cette joie presque oppressante qui répondait en courant à mes appels inavoués. Les nuages n'entravaient pas la lumière. Dans la maison, la pesanteur feutrée des meubles faisait écrin au silence. Ce serait pour le 2 juin. J'avais peu de choses à transporter, vu mon impérieux désir de me débarrasser de tout. En deux voyages, ce serait fait. Il se mit à pleuvoir.

Je regrettai d'avoir laissé mon imperméable dans la voiture. Je déteste les imperméables. Je pressai le pas jusqu'au portail, détrempée de pied en cap. Adrienne Chantre m'accompagnait. Au moment où elle allait refermer le portail derrière moi, j'entrevis ses vêtements, ses cheveux — parfaitement secs.

J'employai le mois de mai à vendre tous mes biens encore présentables, y compris ma voiture. Je dessinai une carte illustrant le chemin de ma nouvelle maison, en fis des photocopies à l'intention de mes proches et de mes connaissances. J'eus l'idée d'y joindre une photo de la propriété, mais je n'avais pas encore fait développer le film. J'en profitai pour me payer une promenade dans la rue Bellefaille et confiai les négatifs à François de chez *François et Gendres, photographes*. Il me dit que je n'aurais mes photos qu'à son retour de vacances.

Je fis donc mes envois sans image. À mon amie la plus intime et la plus douloureusement lointaine, je décidai de ne rien envoyer, et cette décision me procura de terribles brûlures d'estomac.

Le 1er juin, je me rendis en bord de mer avec un sac à dos contenant les quelques effets dont je ne voulais pas me passer. Adrienne Chantre m'accueillit, plus calme que jamais, plus lente aussi, elliptique dans son expression, la voix à peine audible, le front pâle; on aurait dit qu'elle s'effaçait sur le fond sombre des meubles. Dans la maison, il n'y avait encore aucune boîte, aucune trace de ce désordre qui précède un déménagement.

Je repartis avec empressement. Au sommet de la pente, un doute final, atroce, brutal, me traversa comme un poignard. Une véritable panique de survivance, une sorte de faim primale, une faim de nourrisson. Qu'est-ce que j'allais devenir, seule et sans supermarché, sans téléphone et sans électricité, dans cette maison calée au cœur de dunes qui avalent la mer?

Les mots avec lesquels madame Chantre avait assommé mes derniers spasmes rationnels se cognaient avec obsession aux parois de mon crâne: « Facilité d'accès? Vous n'en voulez pas. » Mais qu'en savait-elle, madame Chantre, avec ses sourires et sa liqueur transparente, avec ses grenouilles, sa laitue et ses cheveux secs sous la pluie torrentielle, que savait-elle de moi et de ce que je voulais? Est-ce que j'avais l'enfer imprimé sur mon front, l'enfer duquel j'arrivais et auquel je devais à tout prix échapper, quitte à disparaître entièrement?

C'était mon dernier soir en ville. Je passai chez François et Gendres pour retirer mes photos. Dans la boutique, le personnel était bronzé et arborait un air éthéré, ce halo des vacances qui dure quarante-huit heures en moyenne une fois exposé au travail. Je bus une bière chez *Feu Coco* et, sur le chemin du retour, je jetai, comme d'habitude, un coup d'œil furtif au mur vert entre *Samba-Sam* et la boulangerie des sœurs Zoulof. Mes adieux ainsi faits, je regagnai mon appartement vide.

Là, assise sur le plancher, j'entrepris de regarder mes photos dans l'espoir que la beauté du jardin et le sourire d'Adrienne Chantre balaieraient mon anxiété. Sur la première photo, mon amie perdue apparaissait assise à la table de cuisine, un verre de vin dans la main droite, son sourire comme une écharde en travers de son visage défait. Son visage si familier, autrefois si rassurant, si nécessaire, la photo me le montrait troublé par l'alcool dont nous avions cru pour un temps nous faire un allié. Cette vue me donna un vertige malsain de chute infinie.

Mais ce n'était pas tout.

Une vingtaine d'images provenaient du jardin et je ne reconnaissais pas la moitié d'entre elles : des grenouilles mal cadrées, sans mise au point, avec même un doigt sur l'objectif. On aurait dit qu'un enfant s'était amusé avec mon appareil.

Pire encore, la photo prise devant la porte de la maison dans l'intention d'immortaliser Adrienne Chantre ne faisait pas partie du lot. Je fouillai le paquet trois fois, fébrilement, de plus en plus nerveuse. Il y avait bien une photo semblable, avec le même triangle de soleil sur la porte et sur les marches de pierre, mais la vieille dame n'y apparaissait pas. Je regardai mieux et mis ma main devant ma bouche pour retenir un cri. À la place d'Adrienne Chantre, bien rangée au bas de la porte, une botte de pluie jaune, une seule. Je sentis, littéralement, mes cheveux se dresser sur ma tête.

Une botte d'enfant, celle du pied droit.

La dernière nuit dans mon appartement fut brûlante d'angoisse. Une angoisse familière, récurrente, mais, en cette occasion, particulièrement virulente. J'ouvris toutes les fenêtres. Le fracas de la rue m'arrivait par saccades de verre cassé, de rires gras, d'appels bruyants, de voix aiguës. C'était samedi. Comme en les observant de la rive opposée, je repensai à ces soirées récentes passées à vider des bouteilles jusqu'à pouvoir enfin fixer le plafond dans une sorte de confort relatif, ouaté, engourdi. Une sorte d'absence béate dans laquelle s'allégeaient toutes les autres absences.

La dernière nuit dans mon appartement, j'aurais pu boire, mais je n'en avais pas envie. Pas cette fois. Allongée à même le sol dans mon sac de couchage, je regardais le clignotement de la ville sur les murs dénudés. Il y avait de petits trous là où j'avais mis des images. Je ne fermai pas l'œil et je me surpris à prier, sans cesser de me questionner sur le mode d'emploi des prières. Je m'apprêtais à quitter tout ce que je savais de moi-même, tout ce que, jusqu'ici, j'avais voulu savoir.

À l'aube, comme c'est souvent le cas des insomniaques, je me sentis soudain calme et fourbue, calme parce que fourbue. Je remplis mon sac du peu qu'il me restait et je jetai un dernier coup d'œil sur cet appartement que le manque de meubles faisait paraître bien plus spacieux qu'il ne l'était en réalité. Je me souvins que cette même illusion d'optique m'avait convaincue de le louer. Je fermai la porte derrière moi, descendis l'escalier en pesant bien de tout mon corps sur chacune des marches et je laissai la clef, comme convenu, dans la boîte à lettres de la concierge.

À la station d'autobus, je bus un café infect. Dans l'autobus, je pris place à l'arrière et j'appuyai mon épaule contre la vitre. Je descendis au terminus de Cottare. J'entrepris de faire de l'auto-stop en direction de Pirogue. Parmi les voitures qui me frôlèrent sans me voir, il y eut celle du notaire, ses dix ongles parfaits agrippés au volant. Mais c'est un tracteur qui me prit, si désespérément lent que j'aurais pu y monter sans même qu'il s'arrête. Une fois à Pirogue, je bus un autre café, fort, grâce auquel je parcourus d'un pas vif les deux kilomètres qui menaient à la piste, mais à cause duquel — peut-être — mes jambes tremblèrent jusqu'au bas de la pente.

Je trouvai le portail grand ouvert. C'est en le refermant que je remarquai ce singulier détail : il ne pouvait s'ouvrir que de l'intérieur. Je fis quelques pas dans le jardin, mon jardin. Je m'arrêtai, contemplai la ligne mauve et lointaine de la mer qui m'arracha un profond soupir. Je m'aperçus que je n'avais pas encore cessé de prier et que, pendant tout le temps de ma prière, j'avais complètement omis de respirer. Je m'aperçus que, depuis des mois, je vivais en apnée.

Je cognai à la porte. Aucune réponse. Je cognai plus vigoureusement. Peut-être madame Chantre était-elle un peu sourde, après tout, à son âge. Il y avait une clef dans la serrure, une clef bizarre, longue et dorée, mais je ne pouvais me résoudre à ouvrir. J'attendais une sorte de permission. Je cognai de nouveau. Rien. Je touchai la clef : elle tourna presque d'elle-même. Je poussai la porte et passai la tête dans l'entrebâillement. J'appelai doucement, n'osant prendre possession des lieux. Aucune réponse. Aucun bruit, pas même le craquement d'un rhumatisme, le glissement d'un regard entendu.

Je fis le tour de la maison : aucune trace de vieille dame. Le décor était intact, ce qui me sembla absurde. D'étranges frissons me parcoururent l'échine. Ni froid ni peur, seulement la sensation trouble d'avancer dans un rêve. J'entrepris d'ouvrir les tiroirs, les armoires, les placards : ils étaient pleins d'assiettes, d'ustensiles, de casseroles ; oreillers, duvets, couvertures ; chandelles, allumettes, cahiers et crayons, aiguilles et fil. Brosse à dents. Une pensée me troubla : et si elle était morte avant de s'en aller ? J'aurais compris qu'on meure de laisser un endroit comme celui-ci. Mais tout de même. Pas chez moi. Pas maintenant. J'arpentai la maison et le jardin, je fis même à rebours le chemin des plantes grasses. Pas le moindre cadavre en vue, sauf celui qui, en moi, ne m'accorde aucune trêve.

Adrienne Chantre avait donc laissé toute la maison derrière elle. En fait de voyage léger, elle me surpassait de beaucoup. Je me demandai comment elle était partie. Sans doute avait-elle des amis au village. Je cessai de me casser la tête lorsque j'aperçus un billet, déposé sur le coffre du salon : « Soyez heureuse dans votre nouvelle maison. »

Au cours des premières heures, je me sentis désespérément seule. Je fouillai dans mon sac à la recherche de mon téléphone cellulaire ; je n'avais envie de parler à personne en particulier, mais il me fallait trouver quelqu'un. Même la concierge ferait l'affaire, si elle n'était pas prise par son téléroman. Le téléphone ne recevait aucun signal. Cela me découragea sans me surprendre. J'ignorais vers quoi les événements me poussaient, mais tout m'apparaissait d'une implacable cohérence.

Le soir venu, je préparai mon lit dans le salon, c'est-à-dire que j'y déroulai mon sac de couchage. Je ne me sentais pas encore en droit d'utiliser la chambre d'Adrienne Chantre. Je remplis la baignoire à pattes, après l'avoir astiquée. Je m'y endormis et rêvai du débarquement de Normandie. Je me réveillai en sursaut dans l'eau froide, épuisée, inquiète, enrhumée. Convaincue d'être au bon endroit et d'être complètement perdue.

Malgré la fatigue, je ne pouvais me résoudre à aller me coucher. La pénombre avait gagné toutes les pièces, tous les recoins de toutes les pièces. La maison parlait, craquait, gémissait. Le vent de la mer se faufilait dans ses jointures, la rendant semblable au vieux corps de son ancienne propriétaire. J'en fis un tour complet. La torche à la main, j'inspectai les placards et les dessous de chaises. Je ne vis rien de préoccupant, à part l'urgence d'un coup de balai. Le sable s'infiltre vraiment partout. Je fermai la porte du salon pour me sentir mieux protégée. Je me réfugiai dans mon sac de couchage et demeurai longtemps éveillée. Je ne trouvai le sommeil qu'une fois entortillée, la fermeture éclair imprimée sur le visage.

Pendant cette première nuit, je fis l'un de ces rêves qui semblent venir de très loin, de très vrai. Odyssée ouvrait la porte du salon. Elle s'approchait et me regardait dormir. Elle avait les pieds nus et leur pâleur, dans le bleu de la lune, avait quelque chose de morbide. Son expression était d'une telle neutralité qu'elle en devenait terrifiante. Je me réveillai en sursaut. Ma montre marquait trois heures pile. La porte était ouverte. J'écarquillai les yeux, à moitié aveuglée par le capuchon de mon sac de couchage. Mon cœur battait à tout rompre.

Il ne se passa rien du tout. Je ressassai des images plus douloureuses les unes que les autres pour ne m'assoupir qu'aux premières lueurs de l'aube. À mon réveil, la porte était fermée, sa poignée glaciale. J'avais une phrase en tête, qui m'obséda tout l'avant-midi : *You will lose only what you can't let go of.*

Peu à peu, le rêve et la phrase s'évaporèrent dans la réalité du jour, dans ses tâches rationnelles. Je me rendis à Pirogue. Je cherchai vainement à ouvrir une case postale, choquée par l'inefficacité du bureau de poste et par son verdict obstiné : ma maison ne figurait sur aucune carte et on ne pouvait lui attribuer un code postal. Quand j'insistai pour que les cartes soient mises à jour, on me répondit sèchement que l'hôpital psychiatrique le plus proche se trouvait à Cottare.

Je fis quelques courses, de celles qu'on fait le premier jour d'un emménagement. Les gens de Pirogue, comme c'est leur habitude, m'observaient de la tête aux pieds. J'avais hâte de retourner chez moi, parmi les légumes d'Adrienne Chantre. J'achetai le nécessaire pour construire une pancarte qui indique la direction de la maison, avec l'intention de l'installer le jour même au sommet de la pente.

La deuxième nuit, je persistai à dormir dans mon sac de couchage sur le tapis du salon. Je n'arrivais même pas à entrer dans la chambre d'Adrienne Chantre. Sans raison apparente, j'avais l'impression qu'elle rôdait encore dans la maison. Je m'endormis à grand-peine et Odyssée me rendit de nouveau visite. D'une voix lointaine et un peu rauque, elle disait s'appeler Ophélie et me montrait la forme du « O » en plaçant une main frêle sur sa bouche grande ouverte. Je me réveillai en sursaut à trois heures pile.

Je passai la journée suivante dans une tristesse écrasante que je cherchai vainement à dissiper. Je marchai longtemps sur la plage en comptant mes pas. Longtemps. Pas de voisin en vue. Qu'une mer agitée, grise en surface et verte dans le creux des vagues.

L'après-midi, j'étudiai le loquet du portail et conclus que le plus simple serait de l'éliminer et de le remplacer par une corde qui, enfilée sur la première latte, pourrait être manipulée de l'intérieur comme de l'extérieur. Mais je remis cette opération à plus tard. J'entrepris plutôt de dégager le sentier à l'aide d'une faux et de cisailles que je trouvai, bien en évidence, dans l'atelier. La faux était vieille et usée, son manche avait des creux correspondant sans doute aux callosités d'Adrienne Chantre. Je portais mes bottes, des jeans, une veste de cuir, des gants de jardinage, une casquette, je crevais de chaleur, mais je jurai que les épines ne m'auraient pas.

Pendant des heures, je luttai fiévreusement contre les plantes grasses. Elles étaient tenaces, indisciplinées, plus rapides que leur ombre. Leurs feuilles dodues giclaient sous ma faux comme les entrailles des monstres dans les films de science-fiction. Et, comme les monstres dans les films de science-fiction, on aurait dit qu'elles se multipliaient à chaque entaille. Quand je débouchai sur la dune ouverte, mes vêtements étaient en loques, mes pieds en nage. Satisfaite, je retournai à la maison d'un pas vif et non entravé.

Ce soir-là, je m'endormis d'épuisement, ce qui m'épargna le tortillage et la fermeture éclair. Pourtant, c'est cette même nuit que les choses commencèrent à se précipiter. J'allais bientôt savoir à quoi m'en tenir au sujet de la maison, c'est-à-dire : au sujet de ma vie.

Odyssée entrait dans le salon. Elle se dirigeait vers mon sac à main. Elle ouvrait mon portefeuille, puis le remettait à sa place. Elle jouait avec ma montre, faisant tourner la vis à rebours entre ses petits doigts. Elle appliquait mon rouge à lèvres et s'amusait à le faire rouler à mes pieds. Surtout, elle ne souriait pas. Je me réveillai en sursaut. Il devait être trois heures pile. J'aurais voulu examiner mon sac à main, mais je restais paralysée de terreur. Après ce qui me sembla une éternité, je me levai enfin. Je faillis m'étaler de tout mon long en marchant sur le rouge à lèvres et ma montre avait disparu. Je me rendis à la salle de bains pour asperger mon visage d'eau froide. En relevant la tête, je me regardai machinalement dans le miroir. J'eus un coup au cœur : mes lèvres étaient écarlates. Je reculai d'un pas et mon pied heurta un petit objet rond et froid. C'était une vieille montre de poche, une montre d'homme égratignée, au cadran couvert de boue séchée que je grattai avec mes ongles. Ses aiguilles libres m'apparurent, pointées telle une boussole en direction de la mer.

Je sortis de la maison en claquant la porte, convaincue d'être poursuivie. À l'est le ciel vibrait d'une vague phosphorescence. Dans le jardin, chaque brin d'herbe, chaque branche, chaque toile d'araignée était minutieusement souligné de rosée, comme si les fées étaient passées avec un crayon mouillé pour pointiller les choses vivantes. Ce calme bonheur du jardin ensommeillé tranchait sur mon anxiété, comme pour la contredire ou pour m'insuffler un peu de courage.

Je parcourus le sentier à une vitesse olympique. Au sommet de la pente, je repris mon souffle en m'appuyant à ma pancarte. Le bleu tiède dont je l'avais peinte apparaissait tout mauve. J'avais peur. La route de Pirogue était boueuse. J'arrivai trempée de sueur. Le village s'étirait dans la brume d'été, silhouette protégée du temps par son indéfinition. Un paysage encore à naître avec, se hissant au-dessus du flou, les cheveux fous des feuillus, le triangle aigu des toits. Deux vaches venaient à ma rencontre et, du troupeau qui les suivait, on n'entendait que les cloches. C'était une aube de n'importe quel siècle, l'esquisse bâclée d'un monde intact. Mais j'avais peur.

Le seul endroit où boire un café à cette heure était aussi le plus infect. Je m'enfonçai dans son odeur de graisse bouillie, choisis la banquette la plus reculée et attendis patiemment que la serveuse daigne tourner sa face de bouledogue dans ma direction. J'avais besoin d'un café. J'avais besoin d'un verre d'eau et d'un café corsé. La serveuse me proposa quelque chose, on aurait dit qu'elle jappait, je n'entendais pas bien, quelque chose à manger avec de la confiture, j'eus un haut-le-cœur et répondis sans réfléchir. Tout ce que je voyais, tandis qu'elle s'adressait à moi en brandissant son bloc-notes, c'était la main d'Odyssée qui triturait mes objets un à un, la main d'Odyssée qui remontait ma montre, la main d'Odyssée, gravement immobile, couchée sur sa poitrine étroite, Odyssée enfin sage, déjà si loin de nous.

Café corsé, peur et peur. Du fond de mon sac, la sonnerie du téléphone cellulaire me ramena brutalement à l'odeur de graisse, à la tapisserie verte, aux couinements de la banquette et à l'assiette devant moi. Au pain tranché humide et à la confiture. J'étais rentrée dans la zone de réception et le téléphone affichait dix-sept appels. Six d'entre eux venaient de Myriam, mon ancienne voisine, deux de la concierge, un d'Alambra, trois de Marcelle, cinq de Solange. Aucun ne venait de la femme à laquelle, entre toutes, j'aurais voulu parler, à laquelle, sans doute, j'aurais dû parler.

Mais j'aime bien Myriam. Son visage est clair, ses

vêtements excentriques, sa maison désordonnée, elle s'exprime avec franchise dans une langue baroque. Je l'ai connue par l'entremise de Marcelle et elle s'est révélée, dans les derniers mois, une voisine parfaite : discrète, amicale, encline à prêter main-forte à l'épave qui venait d'emménager sur le palier d'en face. J'avais tellement besoin de parler avec quelqu'un, pourquoi pas elle, de parler de cela. De la maison du bord de mer. De la peur. D'Odyssée. Je n'écoutai pas les messages laissés dans ma boîte vocale. J'appelai directement Myriam.

Elle répondit tout de suite, mais je compris à sa voix que je la réveillais. Bien sûr, à cette heure de boule-dogues. Je dis que je voulais la voir, si possible, le jour même. Elle proposa de me rencontrer à mi-chemin et demanda si je connaissais un endroit adéquat à Cottare. Je ne pus m'empêcher de répondre qu'il y avait un hôpital psychiatrique, en ricanant bêtement. Je brisai le silence embarrassé qui suivit en proposant le bar de la station d'autobus. J'avais l'intention d'en profiter pour boire un deuxième café. Corsé.

J'arrivai en retard, à cause de l'auto-stop. C'est un étudiant en philosophie qui s'était arrêté pour me prendre. Il venait d'être initié à la déconstruction du logocentrisme et en parlait avec une passion telle qu'il n'arrivait pas à dépasser les vingt kilomètres-heure. Myriam m'attendait en étudiant ses ongles, à une table près de la fenêtre. Derrière sa chaise, son parapluie flottait, déployé dans une petite mare, comme une voile parée vers des cieux plus cléments, ce qui m'énerva. En me voyant, elle ébaucha une exclamation qui demeura muette. Je lui reprochai d'avoir ouvert son parapluie à l'intérieur.

« Et alors ?

— Ça porte malheur. »

Elle haussa les épaules en souriant aimablement, mais, tandis que je prenais place en face d'elle, comprit que je ne blaguais pas.

« Tu es sérieuse ?

— Absolument.

— Qu'est-ce qui te prend ?

— Un peu nerveuse, c'est tout. »

Elle hésitait. Ne disait rien. Je lui fis : « Quoi ? » avec un peu d'impatience.

« Bon sang, où étais-tu ?

— Qu'est-ce que tu veux dire ? J'étais chez moi.

— Mais tout ce temps…

— Tout ce temps ? Quel temps ? J'ai déménagé il y a trois jours. Je t'ai tellement manqué ?

— Trois jours ? Ça fait des semaines que j'essaie de te rejoindre.

— Des semaines ? Combien de semaines ?

— Je ne sais pas. Quatre, peut-être. Cinq ? »

Il y eut un long silence. Myriam avait l'air à la fois perplexe et irritée. Elle reprit :

« As-tu écouté mes messages ?

— Non.

— Et ceux de Marcelle ?

— Non. Pourquoi ?

— C'est à propos de ta maison. »

Silence.

« Nous sommes venues te rendre visite.

— Me rendre visite ?

— Oui. Marcelle s'inquiétait. De te savoir éloignée, sans électricité, elle voulait constater d'elle-même l'état de la maison, en particulier les toilettes. Elle voulait en avoir le cœur net, enfin, tu connais Marcelle, son pli professionnel.

— Quand ?

— Samedi dernier.

— Alors ?

— Nous n'avons pas trouvé la maison. »

J'avalai ma gorgée de travers.

« Comment, vous n'avez pas trouvé la maison ? Je vous ai tout expliqué, je vous ai même fait un dessin, ce n'est pourtant pas compliqué !

— Nous avons refait le chemin trois fois, sans jamais trouver la fameuse pancarte et, au village, personne n'a pu nous renseigner.

— Je ne sais pas quoi dire.

— Je vais te dire quoi dire, moi : ta maison n'existe pas. »

Myriam soutint longuement mon regard, sans réussir à réprimer une série de coups d'œil furtifs à toute ma personne. Elle demanda enfin :

« Et toi, de quoi tu voulais me parler ? »

Ma détermination flancha. Je n'eus plus envie de raconter quoi que ce soit. Je me sentais repoussée dans ces arrière-scènes de moi-même qui perdent leur sens dès que je les expose au jour. J'avais envie de boire.

« Rien de spécial. Je voulais savoir comment tu vas. Comment tu te débrouilles avec tes cours d'espagnol. »

Elle fit une moue peu convaincue. Je lui proposai de m'accompagner en bord de mer, immédiatement. Je lui montrerais ma maison, ou au moins la dune, ou le sentier, au moins le début du sentier. Les cordes. Elle se pencha vers son parapluie, le secoua, le referma, puis, un peu sèche, sans sourire, elle fit : « Pourquoi pas. » Elle portait des talons hauts pointus à paillettes et je songeai à la pente vertigineuse, mais n'en dis rien. Au pire, je lui prêterais mes bottes de marche.

Elle gara sa voiture à Pirogue, sur le terrain vague. Elle chaussa mes bottes et me suivit sur la route de terre. Je lui demandai si c'était bien le chemin qu'elle avait emprunté avec Marcelle, espérant vainement qu'elles s'étaient trompées. Ses souliers me serraient les orteils, j'avais envie de les enlever, mais le sol était trop boueux et trop cailloux. À chaque pas, je m'imaginais les jeter au loin et voir leurs talons ridicules disparaître en tournoyant.

Nous approchions du sentier. De plus en plus inquiète, je cherchais ma pancarte bleue du regard. Un bleu si tendre, j'attendais avec impatience le moment où il allait se tailler une petite place sur l'horizon, mais plus nous avancions, plus mon échine était parcourue de ces frissons désormais familiers : il n'y avait pas d'indication pour la maison du bord de mer. Myriam avait raison. Il n'y avait pas de piquet, il n'y avait pas de trou pour le piquet et il n'y avait même pas de sentier.

Elle insista pour me ramener chez elle, en ville.

Toute la journée, elle me parla d'analyse transactionnelle et de pranothérapie. De reiki, de shiatsu et même de watsu, une sorte de shiatsu aquatique. Elle faillit me convaincre que je souffrais de clivages mentaux qu'un spécialiste serait certainement en mesure de soigner. Elle me fit boire du gin, du vin et du cognac, malgré lesquels elle me conseilla de mieux manger, en mettant l'accent sur les graines de sésame. Elle me suggéra de reprendre mon appartement, il était encore libre, au dire de la concierge. Mais son visage, malgré ses paroles confiantes, affichait un gigantesque point d'interrogation. Et, à vrai dire, elle buvait autant que moi.

Je m'enfonçai dans un bienheureux brouillard. Myriam refusa catégoriquement que je prenne l'autobus pour me rendre en pleine nuit par des chemins boueux dans une maison inexistante. Elle m'installa sur un futon dans une chambre où flottait un long rideau de tulle. Le futon était bas; une brise tiède entrait par la fenêtre, le rideau marchait sur mon visage. J'étais engourdie par l'alcool, rassurée par l'amitié de Myriam, et je sombrai dans un sommeil pâteux.

La sonnerie du téléphone me réveilla en sursaut. J'entendis les pas traînants de Myriam dans ses pantoufles en peluche, sa voix endormie, le téléphone tout de suite raccroché. Personne au bout du fil. « Merde » marmonna-t-elle en retournant au lit. Un coup d'œil au cadran confirma mes craintes: il était trois heures pile.

Au déjeuner, je lui annonçai que j'allais retourner en bord de mer. Elle avait les yeux cernés, un teint pénible de lendemain de veille. Elle ne répondit rien, mais mit une éternité à étendre le beurre sur son pain. Je la remerciai de son aide et la priai de ne pas s'inquiéter pour moi. Quand elle eut enfin achevé son ouvrage, elle posa le couteau sur la table, sortit de la pièce et revint avec un petit cahier aux pages vierges et à la reliure dorée. Je lui demandai ce qu'elle entendait par là, elle balbutia qu'elle n'en avait aucune idée.

Je partis vers dix heures. Elle portait un kimono vert jade brodé de bourgeons, particulièrement seyant malgré les pantoufles. J'ignore si je la reverrai.

En quittant Myriam, j'avais l'esprit aussi boueux que le chemin de terre, aussi brumeux que la veille au matin, l'estomac en boule. Malgré ces mauvaises dispositions, je me rendis chez l'obséquieux notaire. Sa secrétaire m'assura d'un ton sec et poli qu'un rendez-vous était STRIC-TE-MENT nécessaire pour le rencontrer, mais j'insistai avec un entêtement si proche du désespoir qu'elle céda à ma requête.

Le notaire me reçut avec froideur. Je lui expliquai que, pour des raisons personnelles, je devais à tout prix contacter Adrienne Chantre. « Madame Chantre n'a pas laissé de coordonnées », m'opposa-t-il. Je demandai si elle avait de la famille dans la région. « Pas à ma connaissance. » Il finit par cracher que l'unique information dont il disposait était le numéro du compte bancaire où mon paiement avait été versé, mais qu'il s'agissait, bien sûr, d'une information STRIC-TE-MENT confidentielle. Moyennant une compensation pour ses services, il pouvait tenter de faire l'intermédiaire entre moi et la banque, puis entre moi et Adrienne Chantre, le cas échéant. J'acceptai, bien sûr. Il me suggéra de repasser en fin d'après-midi.

D'un pas lent, je déambulai dans le village dont je fis le tour complet six fois avant d'entrer dans un restaurant. J'y restai le plus longtemps possible. Des vieux jouaient aux cartes à la table du fond, je les écoutais blaguer et jurer, et j'enviais la solidité de leur réalité, sa continuité, ses parfaites illusions. J'enviais le fait qu'ils soient parvenus si près de la fin de leur temps.

Le notaire, pendant que je m'asseyais de nouveau en face de lui, ajusta ses lunettes d'un air suspicieux et se racla la gorge. Il se pencha vers l'avant pour prononcer, avec une affolante lenteur :

« J'ignore la nature de votre entente avec madame Adrienne Chantre. Tout ce que je peux vous dire, c'est que le compte bancaire où nous avons versé l'argent est à votre nom. »

J'étais pétrifiée. Je mis une éternité à articuler :

« Com… ment ?

— À votre nom. Je dois admettre que tout est en règle. Vous pouvez jouir de vos biens comme bon vous semble. Pour plus de détails quant aux modalités de cet usufruit, il vous faudra prendre contact avec votre institution bancaire. »

Sans me quitter du regard, il ouvrit le dossier qui se trouvait sur sa droite. Sur un papier épais qui portait son en-tête, il griffonna le nom et l'adresse de la banque, le numéro du compte. En prenant la feuille qu'il me tendait, j'osai demander si cela signifiait que nous avions définitivement perdu la trace d'Adrienne Chantre. Il me répondit que oui, il en avait bien peur. Je le remerciai de son aide et lui proposai d'honorer ma dette sur-le-champ. Je serrai sa main molle et moite, puis je pris congé. Le soleil me donna le vertige, j'avançai de trois pas, reculai de quatre, puis fonçai droit vers la sortie du village. Rien ne m'empêchait de plier bagage. Je ne le ferais pas. J'avais peur, bien sûr, mais il était trop tard.

La pancarte était en place, les cordes m'attendaient, solidement fixées. Je parcourus le sentier aussi lentement que possible, luttant contre la gravité au pire de la descente. Après les dunes, j'affrontai aveuglément les épines des plantes grasses, plus denses encore qu'avant mon émondage.

Quoi faire ensuite? J'entrepris un examen névrotique de toute la maison, à la recherche, peut-être, d'un indice au sujet de moi-même. J'ouvris de nouveau les tiroirs un à un. Les mêmes chandelles, allumettes, assiettes, ustensiles, casseroles; oreillers, duvets, couvertures; aiguilles et fil, cahiers, crayons. Brosse à dents. Le billet « Soyez heureuse dans votre nouvelle maison. » Plus qu'un vœu, cette fois, cela me sembla un ordre.

J'allai m'asseoir dans le jardin, sur la chaise où j'avais bu la liqueur de cerise. Je laissai mon regard se perdre le long de la mer mauve. Ma pensée vaquait très loin. Il y avait eu des robes de coton blanc, de longs jours d'école, des fêtes enfumées, des vacances au soleil, des citrons, des noix, de la crème glacée, la voix des hommes et leurs épaules, des dissertations, des flaques d'eau, des orages. Il y avait eu cette amitié nécessaire et tenace, fidèle, joyeuse, sauvage aussi, folle, une amitié échappant à tout calcul pour s'évader vers le ciel, gratuite, verticale. Il y avait eu la naissance d'Odyssée et son premier regard, cette étrange fenêtre ouverte sur le monde qu'elle venait de quitter pour rejoindre le nôtre dans ce petit corps mouillé — l'existence brève d'Odyssée, les bonheurs infinis qui venaient à sa suite et qu'elle reprit en partant.

Il y avait eu la brisure de tout en tout petits morceaux, épars, volatils, fuyants comme le mercure, obsédants comme le chant des cigales dans les prés de juillet, et ce moi effrité dont la trace se perdait, bien qu'il rentre chaque soir, obéissant, dans l'appartement voisin de celui de Myriam et bien qu'il ait, dans l'espoir de survivre, mis des images au mur et du beurre sur le pain.

Le jardin me semblait d'une effarante beauté. Ces lambeaux de ma personne, je les voyais se détacher sous le bistouri du soleil, présentant d'eux-mêmes une vision nette, précise. C'est en contemplant cette beauté que je perçus aussi, enfin, un détail inquiétant : le portail avait disparu. À sa place, des pousses tendres, d'un vert fragile, mais rien qui n'indique que, par là, j'étais entrée et que, par là, je pourrais ressortir.

Le temps vira au sombre. Il pleuvait beaucoup. À l'intérieur, si je n'allumais pas les chandelles dès le matin, je me heurtais contre les meubles. J'étais pleine d'ecchymoses. Les fenêtres m'apparaissaient de plus en plus étroites. Je croyais à une illusion d'optique jusqu'à ce que l'une d'entre elles, dans la cuisine, disparaisse. Il n'en resta que le rideau.

La poussière recouvrait comme une mousse le moindre pli du moindre objet. Les cadres de portes, dossiers de chaises, fonds d'armoires généraient des milliers de toiles d'araignées. Je ne voyais jamais les araignées elles-mêmes ; leurs toiles, épaisses, semblaient abandonnées depuis des siècles. Mon sac de couchage et mes vêtements étaient rigides, humides, salés. Les mites commencèrent à trouer ma seule veste de laine. La nuit, je dormais mal, j'avais peur dans le noir et l'obscurité devenait de plus en plus opaque. Je ne rêvais plus.

Les tomates s'affaissèrent et tombèrent comme du sang sur la boue. Il plut dans le salon, sur mon visage, en pleine nuit, à trois heures. L'horizon était de plus en plus bas, le mur du jardin de plus en plus haut et mes jambes de plus en plus lourdes.

Les fleurs se fermèrent comme des poings. Les légumes pourrirent à même le potager. Je n'aurais bientôt plus rien à manger, ce qui n'avait aucune importance, vu l'étrange absence de faim dans laquelle je me trouvais. Ni faim ni soif, comme si le temps ne passait pas, et, de fait, le temps, ici, ne passe pas. Le jour il fait jour et la nuit il fait nuit, mais ce ne sont là, je le sais maintenant, que des projections liées à mon habitude d'un jour clair et d'une nuit noire — ou de jours sombres, de nuits blanches.

Ce ne fut pas facile. Quand on raconte les descentes et les remontées, tout semble toujours aller de soi. Le récit n'a aucun poids. Il ne peut rendre les semelles de plomb dans les pas du matin, les dents serrées, les poumons repliés. Le propre des descentes, c'est qu'on ne croit plus la remontée possible. Le propre des remontées, c'est qu'elles se font à tâtons, dans la recherche du sens immédiat. Elles doivent s'arracher au confort relatif de la torpeur, briser l'attachement aux eaux troubles qui nous emportent et aux tristesses familières, se défaire du plaisir morbide de l'insoutenable. Il nous faut braver les rechutes. Passer l'éponge sur notre âme, trucider le dragon noir qui s'est emparé de nos propres armes, pardonner d'anciens croûteux manquements, déplacer un objet dans la maison, au moins un. Réinventer la roue et la mettre en mouvement.

Un soir, enfin, quelque chose me secoua. Insomniaque, comme d'habitude, je décidai d'aller prendre une bouffée d'air dans le jardin, et là, je vis, sur la soie noire de la nuit, des centaines de lucioles danser. Minuscules lanternes au mouvement constant, insaisissable, elles s'appropriaient discrètement la pénombre pour une chorégraphie imprécise, flottante, arrivée de partout à la fois. J'avançai sur l'herbe mouillée. Elles me prirent parmi elles. Sur le noir du noir, ce ballet d'insectes à la recherche du grand amour. Cette fièvre pointilliste. Je tendis la main, plusieurs s'éteignirent. Je retirai ma main, elles se rallumèrent. J'attendis, longtemps. J'ignore ce que j'attendais. Devenir comme elles, peut-être, joyeuse de nuit.

Une fois rentrée dans la maison, je cherchai spontanément l'objet qui ressemblait le plus aux lucioles, ce qui me conduisit au cahier doré que m'avait donné Myriam. Quand je pris le crayon, ma main tremblait. Il y avait de l'espoir en moi, accompagné d'un soupçon incrédule. J'écrivis *Je,* que je rayai aussitôt. La rature m'agaça, comme si j'avais sali la feuille. Je respirai profondément.

Voici les choses que j'aime toujours :

marcher pieds nus
le bruit des feuilles mortes
l'odeur du pain brûlé
les violoncelles
dormir dans une tente
les tourterelles pleureuses
la pêche à la truite
la truite
la première neige
boire du lait chaud dans ma tasse préférée
ma robe de chambre rouge
briser le papier bulle
le vent tiède la nuit
les gardiens de musée
les piscines publiques
les cimetières abandonnés
les vitraux bleus
le café corsé
le chocolat noir

le gin
les guides de bienséance
les chants choraux
les autobus à deux étages
me lever tôt
me coucher tard
les objets transparents
voir quelqu'un dormir
les arbres centenaires
les balançoires

Je changeai de page.

Voir
Entendre
Goûter
Sentir
Toucher
Aimer devant moi

Je tombai endormie la joue sur mon cahier, comme une écolière. C'est le soleil qui me réveilla. Il badigeonnait généreusement le salon dans tous ses recoins, sans oublier mon visage. Je me redressai avec un craquement de la nuque, et ce que je vis me stupéfia : la fenêtre était immense, on aurait dit la vitre d'un aquarium. Elle était immense et j'y voyais la mer, la mer pleine à perte de vue, la mer léchant les pieds de ma maison, allongeant sa main jusqu'à moi, la retirant, ne laissant entre nous qu'une bande étroite de sable blond, trois pas à peine, et brefs.

Odyssée était là, assise par terre. Toute petite, toute nue, toute ronde, encore bébé. Je la voyais de trois quarts, penchée sur le sable, le tapotant d'une main potelée avec des mouvements brusques de moulin à vent. Ses cheveux étaient fins et neufs, légers comme l'oubli, roux comme le renard. Par moments d'inexplicable extase, elle souriait en renversant la tête, gencives roses, menton mouillé.

Mes mains furent submergées par le souvenir exact du glissement de sa peau, pétale et brume, insoutenable perfection. Mes bras sentirent la masse impondérable de son sommeil repu, le rythme cosmique de sa respiration. Corps vulnérable, joie invincible. Beauté qui s'ignore. Je fus prise tout entière par l'urgence de disparaître au creux secret de son cou, de m'évaporer dans son odeur de paille et de pain, d'orange, de simple bonheur.

Je me précipitai à la porte. Elle avait disparu. Je crus qu'une vague l'avait emportée. Je fis trois pas sur la plage et plongeai d'un coup dans l'eau glaciale. Je la cherchais, haletante, avec mes mains, avec mes yeux. J'entendais le bourdonnement de l'eau, son ressassement, sa voix basse et mousseuse. J'ouvris la bouche pour crier et le froid, le sel passèrent entre mes dents.

Ensuite se produisit une chose indicible, effrayante et rassurante à la fois : je me noyai.

La fumée dans ma gorge, des falaises lancées à la renverse, de l'herbe couchée sur ma nuque, mes épaules libérées d'un grand poids, mon corps disparaissant par un extrême évasement, annulant ses frontières dans l'acte de tout contenir. Je ne pensais rien. J'étais juste ensemble. Ensemble avec tout, et tout passait en moi comme les éclairs du mois d'août. Les siècles condensés, l'eau l'air la terre, le feu le bois la pierre, le métal — la poussière.

Avec l'impression que la queue d'une comète s'échappait du sommet de mon crâne, les poumons incendiés, je vis d'abord le ciel. La mer m'avait ramenée sur le sable, sur le dos, les bras croisés sur ma poitrine vide comme pour y serrer son petit corps perdu. Mon pouls battait dans toutes mes extrémités. Je vomis. Autour de moi, il n'y avait rien d'autre qu'un impressionnant silence. Un silence d'éclipse, d'animaux rampant jusqu'à leurs tanières et d'insectes soucieux de passer inaperçus. Je me sentais étrangement calme. Ainsi commença mon acquiescement.

Hier après-midi, j'ai fait une longue promenade sur la plage. Il ventait. Sur ma jupe, sous ma jupe, sur mes cuisses et sur mes mains. C'était un vent crémeux sur une peau nouvelle. Au retour, je suis entrée dans la chambre d'Adrienne Chantre. Les volets étaient ouverts, le lit impeccable. J'ai décidé d'y dormir entre des draps propres, avec un oreiller de plumes. Je pense qu'Adrienne Chantre vient tout juste de partir. Elle a fini de veiller sur moi.

Je voulais une maison pour qu'elle m'avale. Je me souviens avoir pensé : j'aimerais tant être nulle part. « En vente, bord de mer » est la maison des temps rompus. C'est le lieu concocté par ce qui, en moi, demeure capable de vision, de guérison et d'espoir. Je n'ai pas d'autres mots pour le dire.

Myriam avait raison : à proprement parler, ma maison n'existe pas.

Premier cahier
L'âge tendre

Il y a un jardin public dans la rue Mimosa. Dans ce jardin, vue de haut par quelque démiurge, la scène se déroulerait ainsi : deux poussettes menées par deux jeunes mères un matin de printemps. Elles arrivent par deux entrées opposées qui, en fait, correspondent à deux quartiers limitrophes. L'un, petit-bourgeois, séries de duplex blancs dotés d'une cour carrée à l'avant, d'une cour rectangulaire à l'arrière ; l'autre, populaire, blocs de ciment, appartements le plus souvent loués au mois, alignés au ras du trottoir. Dans chacun des quartiers, il y a des familles, des veuves, des divorcés, des retraités, des gens heureux et des gens malheureux, des alcooliques anonymes, des cardiaques qui s'ignorent, des enfants.

Les poussettes convergent chacune à son rythme vers le centre du jardin, mais elles ne s'y croisent pas. Elles ne se rencontrent que dix minutes plus tard, devant une poubelle. Les bébés, côte à côte, se contemplent en souriant. Lucie voit Claire et Claire, Lucie.

Elles n'ont en commun, pour l'instant, que ces prénoms lumineux sous un ciel sans nuage et ces années à venir, légères parce qu'encore blanches. Fraîchement arrivées d'un même ailleurs où les anges deviennent des enfants, où les enfants cessent d'être des anges, elles ont décidé, pour ne pas déchoir tout à fait, de se reconnaître et de s'accompagner en bas là-bas, parce que la vie est longue et que l'hiver est froid, parce que les orties piquent et que toutes les mères, sans exception, sont bizarres, elles penchent d'un côté comme les voiliers dans le grand vent, certaines chavirent, d'autres coulent, la plupart résistent, mais trouvent leur équilibre en penchant d'un côté.

Articulée autour de la chute d'un cœur de pomme et d'un mouchoir en papier dans une même poubelle, cette scène scelle la fin de leur parcours d'âmes à la recherche d'un corps et d'un corps à la recherche de l'autre. Elle marque le début de leur compagnonnage sur une route rieuse et friable. Bien sûr, elles oublieront d'où elles viennent : la véritable mécanique des vies tend à se faire indéchiffrable.

Aurore travaille comme caissière dans le plus grand supermarché du quartier où Suzanne vient trois fois par semaine acheter des produits frais, c'est-à-dire congelés. Aurore porte un uniforme turquoise-comptoir-de-chalet qui met en valeur ses yeux de chat, son nom est écrit en relief sur une épinglette ; Suzanne arbore une implacable mise en plis et un foulard de soie bleu foncé, bourgogne et doré sur lequel sont dessinés des nœuds marins.

Elles se connaissent de vue et, chaque fois qu'elles se croisent, se saluent poliment. Poliment, elles s'enquièrent de la petite fille qui gazouille dans la poussette de l'autre. Quel est son nom, fait-elle ses dents, combien pesait-elle à la naissance? Elles découvrent que Claire est née seulement cinq jours avant Lucie. Dans le même hôpital. Et, incroyable mais vrai, dans la même chambre.

Les filles grandissent. Elles se voient fréquemment à la pataugeoire, au parc de la rue Mimosa, au centre commercial. Elles jouent volontiers ensemble et pleurent quand on les sépare. En septembre de leur troisième année, Claire est inscrite à la garderie que fréquente déjà Lucie. En septembre de la quatrième, elles se retrouvent à la même maternelle. En septembre de la sixième, à la même école élémentaire, dans la même classe.

Lucie, cette année-là, demande un livre à sa mère pour son anniversaire. Aurore la regarde, perplexe, tu ne sais pas lire, mon trésor, tu ne veux pas une poupée à la place? Ou un camion? Aurore s'est donné pour mission d'égaliser les modèles sexuels et elle offre toujours à Lucie le choix entre un jouet de fille et un jouet de garçon. Invariablement, Lucie choisit le jouet de fille.

Pour le livre, elle insiste. Elle le garde près d'elle, sur sa table de chevet, observe les images et compte les lettres qui la séparent de l'alphabet complet, sans négliger sa passion pour l'habillage, le déshabillage et le rhabillage de poupées, de préférence chez Claire qui en possède une panoplie légendaire, parmi lesquelles une poupée noire, prénommée Mélanie, que lui a offerte Aurore. Précisément parce qu'elle vient d'Aurore, c'est la poupée préférée de Claire, qui trouve que le rose lui va à merveille et qui insiste pour dormir avec elle tous les soirs. Suzanne, que l'idée rend un peu mal à l'aise, suggère plutôt à Claire de faire de Mélanie la femme de ménage des autres poupées. Claire se révolte et en parle à Lucie qui demande son avis à Aurore qui lève les yeux au ciel.

Dès qu'elle sait lire, Lucie dévore tout ce qui lui tombe sous la main — le mode d'emploi de la machine à laver, les boîtes de céréales, l'étiquette de son gant de baseball, les romans qu'Aurore laisse traîner sur le comptoir de la cuisine et les livres de la section moins de douze ans à la bibliothèque municipale. Les pages s'ouvrent comme la mer sur le passage de mots nouveaux, et, très vite, c'est dans sa tête qu'elles commencent à s'écrire. Il lui arrive de ne pas dormir quand un petit poème prend forme. Elle l'écoute se glisser le long de l'oreiller puis s'évader à la nage, comme le comte de Monte-Cristo. Le dimanche matin, elle se réveille toujours en espérant qu'il pleuvra. Une belle pluie forte, diagonale, sans rémission, de celles qui cognent obstinément à la fenêtre et lui servent d'excuse pour rester dans sa chambre tout l'avant-midi.

Aurore, qui aime dormir et rêver, lui a souvent expliqué qu'elle passerait au moins le tiers de sa vie dans son lit et que, s'il existe un investissement qui en vaille la peine, c'est un édredon bien dodu et une paire d'oreillers. Une paire si tu es seule, trois si vous êtes deux : il faut toujours un oreiller de secours, ma belle, n'oublie jamais, et n'oublie jamais qu'un lit confortable est le gage d'une bonne nuit de sommeil et qu'une bonne nuit de sommeil est le gage de belles journées bien remplies.

Calée dans son gage d'une bonne nuit de sommeil, avec son crayon et son cahier, Lucie passe les dimanches matin pluvieux à inventer des histoires qui la font rire et qui la font pleurer. Elle se laisse délicieusement emporter par un fleuve qui ne tarit jamais et dont l'eau sucrée change continuellement de couleur. Aurore, incrédule mais ravie, en profite pour faire la grasse matinée. Parfois, rarement, avec pudeur, Lucie lui fait lire ses cahiers. Aurore se pâme et, en cachette, les fait lire à Suzanne et aux caissières du supermarché qui, dans le souci de l'encourager, félicitent Lucie pour ses œuvres, la laissant immanquablement pétrifiée de honte.

L'écriture est le don reçu par Lucie lorsque les fées se sont penchées sur son berceau. Elle lui confère le singulier pouvoir de s'asseoir dans une histoire inventée, à mesure qu'elle s'invente, et d'échapper aux eaux sales, aux ciels pourris, aux guerres de l'autre bout du monde. Le pouvoir d'espérer. L'écriture, comme un verre transparent, protège le cœur avec lequel elle est venue au monde, un cœur de joie d'âme neuve, prêt pour les parfums, les sons, la beauté — naïf, pur, disponible.

C'est là la gloire secrète de Lucie, son refuge : sa fraîcheur demeure intacte, à l'envers de toutes les déceptions. Elle s'y abrite de la terrible souffrance imposée aux enfants lorsqu'ils découvrent que le mal existe sans avoir encore les outils de l'indifférence ; à l'âge où *scandaleux* est l'adjectif du scandale, il n'y a encore aucune raison valable, aucune, pour mettre du sale dans les fleuves, du sang sur les mains ou du mensonge dans les mots.

Une partie de Lucie grandit et s'adapte au monde, acquiert le sens du compromis et les lois de la causalité, joue dehors, habille, déshabille et rhabille les poupées. L'autre partie referme sur elle la chambre du dimanche et part en voyage sur le dos des lettres, soutenue, vibrante et semblable, dans son courage ingénu, au brin d'herbe qui perce le sol pour regarder le ciel.

C'est pourquoi Lucie a souvent peur : sa force la rend fragile. Elle pousse jusqu'à un âge indu le plaisir de construire des châteaux et de parler aux baleines, mais, pour ce qui est du reste, elle craint toujours de se tromper. Elle s'aperçoit qu'il y a des conventions, mais elle y circule comme en aveugle et Claire, dès leur plus jeune âge, lui fait office de canne blanche, de chien-guide.

Puisque Claire a reçu des fées penchées sur son berceau l'amour sincère des choses réelles, un don que Suzanne chérit entre tous et nourrit constamment, grâce à son sens aigu du détail et à ses nombreux devoir-faire. Elle fait apparaître, aux yeux dorés de sa fille, un monde cristallin où les poupées brillent sous les feux de la rampe et viennent prendre le thé en grande pompe dans de la vaisselle miniature.

Claire, le dimanche matin, aime ouvrir les rideaux de bonne heure, ranger sa chambre, se peigner, passer en revue le contenu de ses tiroirs et colorier en prenant garde de ne pas dépasser les lignes. Quand elle commence à s'ennuyer, elle demande à Suzanne d'appeler

Aurore. Bien sûr, Chouchoune. À son grand désarroi, puisqu'il est passé midi, Suzanne réveille Aurore qui propose d'emmener les filles au cinéma pour un programme double comprenant *Aladin et la lampe merveilleuse.* Aladin lui-même ne les intéresse pas tellement; Claire remarque surtout les costumes de la princesse et Lucie demande où on pourrait acheter un tapis volant, ce à quoi Aurore répond que ça coûte trop cher et Claire que ça n'existe pas.

Du jardin public de la rue Mimosa, elles connaissent les dessus et les dessous, les pour et les contre, les fleurs, les insectes et les parfums en toute saison. Un après-midi, derrière un buisson de fougères, elles échangent leurs vêtements. Claire est plus petite que Lucie, légèrement plus dodue, plus blonde, plus bouclée. Lucie est flambant rousse, fine et grande pour son âge. Leurs robes, elles, sont semblables, du moins à première vue : coton blanc, col rond, ruban. Mais, à mieux y regarder, celle de Lucie est usée, son bord fait d'une main rapide, son ruban froissé.

Derrière le buisson, elles se déshabillent, se passent leurs robes à la hâte. Claire s'accroche le mollet dans les orties et laisse échapper quelques-uns de ces mots qu'elle tient de son père et qu'elle cache à sa mère. Cet après-midi-là, elles jouent dans le jardin aux jeux de tous les jours, la marelle, la corde à danser, la balançoire, le ballon, mais, à cause du jeu qu'elles glissent en dessous des autres jeux, c'est un jour particulièrement heureux : elles sont l'une l'autre.

Ce jeu, elles l'appellent « toi-moi-moi-toi », ce qui s'écrit pour l'instant « touamouamouatoua » et deviendra, plus tard, « miyouyoumi ».

Dans les toilettes des filles, elles reprennent chacune sa robe avant de retourner à la maison. Le soir, avant de s'endormir, Claire froisse le ruban de la sienne en le piétinant. Lorsque Suzanne le repasse d'un geste sûr et rapide, elle l'observe du coin de l'œil, secrètement consternée.

Suivant le principe du miyouyoumi, Claire convainc Lucie qu'elle pourrait la remplacer au cours des insupportables visites du samedi après-midi à sa grand-mère. Si nous changeons de robe, dit-elle, ma mère croira que tu es moi et ma grand-mère aussi. Nous irions ensemble, mais je n'aurais pas besoin de parler, ni de sourire, ni de rien du tout, je pourrais aller m'acheter des jujubes au distributeur et les manger dans le hall d'entrée en regardant les poissons rouges et les géraniums en plastique.

Elles ont passé l'âge de se croire réellement transformées par l'échange de robes, mais le plan séduit Lucie, qui a hâte de rendre visite à une grand-mère, même si ce n'est pas la sienne et même si elle est irascible, obsessive et snob, et même si elle se comporte comme une incarnation du Jugement dernier. Elle dort chez Claire le vendredi soir et, le samedi matin, elles s'habillent comme convenu, un détail qui n'échappe nullement à Suzanne, bien qu'elle sache d'expérience qu'il ne faut pas les contredire. Elle fait un effort surhumain, étant donné la canicule, pour ne pas se tromper en intervertissant leurs noms, et les pousse dans l'autobus qui les amène à la maison de retraite, ce palais des pas lents, ce repaire de boules à mites.

Claire s'accroche si passionnément au distributeur du hall d'entrée que Suzanne finit par lui donner de la monnaie en lui faisant promettre de prendre l'ascenseur dès qu'elle aura fini de manger ses jujubes. Elle s'arrête à la réception pour signer le livre des visiteurs et susurre à la réceptionniste de surveiller sa fille. Elle prend Lucie par la main en disant, viens, Claire, ma Chouchoune, mémère Cadieux est au troisième.

Lucie, dans l'ascenseur, a la gorge serrée. De quoi aura l'air cette sorcière? Lui dira-t-elle qu'elle est trop grosse, comme elle ne manque jamais d'en informer Claire? Lui ordonnera-t-elle de se laver les mains avant de toucher les siennes? La fera-t-elle asseoir en retrait, sur la seule chaise sans coussin, à côté d'une boîte de chocolats à la menthe qu'elle n'aura pas la permission d'ouvrir?

Loin d'être rassurante, Suzanne semble encore plus nerveuse qu'elle, hantée par le souvenir toujours lancinant du tyran domestique qui régna sur les premières années de son mariage. Suzanne se demande souvent si son amour de jouvencelle aurait perduré davantage sans la présence de ce rapace dans toutes les pièces de la maison, y compris la chambre à coucher. Elle se demande souvent si l'adoration que sa belle-mère porte à Gérard n'a pas drainé dans la même proportion sa propre estime pour lui. Elle a souvent cette image en tête, celle de Gérard semblable à un tuyau d'arrosage plein de trous, avec très peu d'eau à donner en aval, là où Claire et elle-même, petites fleurs en pots, se dessèchent à vue d'œil. En dépit de cela, Suzanne rend diligemment visite à mémère Cadieux toutes les trois semaines, ce qui s'explique par cet atout qu'elle possède ou qui la possède, son arme des pires situations : le sens du devoir.

L'ascenseur s'ouvre sur le corridor d'un rose aliénant ponctué de portes identiques. Il règne une chaleur étouffante et un silence étouffé, une sorte de videment des présences, comme si la mort rôdait à pas feutrés, en attente du prochain numéro. De fait, le cliquetis d'une poignée de porte les fait se retourner au moment où une civière, poussée par un infirmier vert pâle, vert d'aliénés, fait son apparition. La civière transporte une vague forme humaine couverte des pieds à la tête par un drap blanc. Suzanne sursaute, détourne les yeux, fait un signe de croix furtif et, persistant à l'appeler Claire, elle tente de rassurer Lucie, ma pauvre Chouchoune, ce n'est pas comme ça tous les samedis.

Cette introduction macabre débouche cependant sur une heureuse surprise : mémère Cadieux les reçoit avec un sourire à largeur de dentier et une permanente fraîchement crêpée. Elle accepte sans broncher d'appeler Lucie « Claire », lui dit comme tu es belle ma toutoune aujourd'hui, lui offre un chocolat à la menthe, seulement un par contre, la fait asseoir sur ses genoux au risque de froisser sa robe ; elle félicite Suzanne pour son nouveau foulard de soie aux motifs de nœuds marins et consent enfin à lui dévoiler l'adresse de son esthéticienne. Bref, il s'avère qu'après des décennies de mauvaise fortune elle a fini, le matin même, par gagner une grosse somme au loto. Une grosse somme, répète-t-elle en se penchant vers sa belle-fille, sur le ton supérieur des vainqueurs, un ton d'empereur romain et de maîtresse entretenue.

Grâce à la grosse somme, Lucie fait donc l'expérience d'une aïeule en cessez-le-feu, un événement dont Claire manque absolument tout, puisqu'elle s'est arrangée, en échange d'un peu de conversation, pour emprunter de la monnaie à deux petites vieilles auxquelles personne ne rend jamais visite, de façon à éterniser sa permission. Elle mâche lentement, en plus, affichant un air de parfaite innocence chaque fois qu'elle sent sur elle le regard outragé de la réceptionniste.

Cet épisode laisse Lucie aux prises avec un désir lancinant de connaître ses grands-parents. Elle tenaille Aurore de questions jusqu'à ce que celle-ci abjure enfin et consente à lui raconter la dramatique saga des *Fire Ten*.

Kathleen, ta grand-mère, était irlandaise de père et de mère, née au Québec. Elle avait grandi pieds nus dans une ferme isolée et n'avait fréquenté l'école française que pendant un mois et demi, avant d'être requise pour prêter main-forte à sa mère, enceinte pour la huitième fois.

Au village, on surnommait sa famille *The Fire Ten*, à cause de leurs chevelures de feu. Honnêtes bien que rousselés, travaillants et pieux, ils avaient opté pour le Québec, malgré la langue, à cause du catholicisme. On ne les voyait d'ailleurs qu'à la messe ou, très occasionnellement, au magasin général.

À l'église, le troisième banc de gauche en partant du fond paraissait s'enflammer dès qu'ils y prenaient place. À cause d'un vague soupçon lié à leurs chevelures et à leur langue, on craignait qu'ils ne sortent directement des fourneaux du diable et nul n'osait occuper le troisième banc de gauche en partant du fond, même en leur absence. Le bedeau, après un examen minutieux de la zone suspecte, avait d'ailleurs répandu la rumeur de relents de soufre et d'un coin de bible brûlé, Apocalypse XII, 4.

Mais le froid est intense au Québec, l'hiver est long. Un climat de damnés érode l'aspérité des réputations, les ramène de force au niveau d'une survie amère et d'un corps qui pâtit. La nature ne donne que ce qu'elle donne et elle prend ce qu'elle veut. Elle écrase impitoyablement les hiérarchies humaines — même un roi crèverait de froid s'il passait Noël dehors. *The Fire Ten* jouissaient ainsi d'une sorte de crédit ontologique : bien qu'étranges et étrangers, ils étaient humains et donc vulnérables, ce qui représentait en soi une forme de rédemption. On leur vendait des souliers et des raquettes, on leur achetait leurs patates et leurs vaches. On acceptait même qu'ils ne paient qu'à l'automne. Mais on omettait soigneusement de les inviter aux fêtes, mariages, baptêmes et funérailles.

Kathleen allait pieds nus main-forte par les

champs et les bois. Elle avait l'air de ce qu'elle était, c'est-à-dire d'une sauvageonne. Capable d'attraper les truites à la main, d'attirer les oiseaux avec sa voix, de prévoir l'arrivée du loup et celle de l'orage, elle annonçait sans risque d'erreur le sexe des enfants à venir et le jour de leur naissance, elle se baignait flambant nue d'avril à novembre dans un torrent glacé. Son frère le plus vieux l'avait vue se saisir d'une fourchette tombée dans l'âtre. Son père jurait l'avoir aperçue aux champs pendant qu'elle brassait des fèves au lard dans la cuisine ; sa mère jurait qu'elle tricotait sur le perron pendant qu'elle cueillait des bleuets. Il fallait lui couper les cheveux toutes les deux semaines et les ongles tous les samedis. Quand le curé faisait sa tournée, on l'appelait d'urgence : on ignorait comment elle avait appris le français, mais elle était la seule à pouvoir le parler. Dans son sommeil, parfois, elle parlait aussi une autre langue, une langue ancienne et magique de bruissements d'arbres d'or. Ainsi, Kathleen soulevait curiosité et inquiétude au sein d'une famille elle-même soupçonnée de comploter avec le diable, et il n'était pas rare qu'on la réveille en l'aspergeant d'eau bénite.

Au début d'un printemps particulièrement chaud, *The Fire Ten* engagèrent un coureur des bois nommé Jean pour les aider à défricher un carré de terre. Au village, Jean fut entrepris à demi-mot au sujet des Irlandais. Désirait-il que le bedeau lui montre la bible écornée ? Avait-il besoin d'un crucifix de poche, au cas où ? Saurait-il reconnaître l'odeur de l'enfer ? Emporterait-il son fusil ?

C'est en jurant pour les faire taire de ne se commettre ni avec femme ni avec diable et en acceptant de
bon cœur une fiole de vin de messe que Jean referma
derrière lui la porte du magasin général. Un gaillard de
sa taille et de son envergure, maître des meutes et des
ramages, n'allait pas se défiler devant de telles niaiseries.
À côté des griffes d'ours, du fiel de renard, de la forêt
profonde et dense, dense et obscure, quel danger pouvait bien représenter une poignée de rousselés sans le
sou? Il haussa les épaules et quitta le village. C'était
pour ne jamais y revenir.

Il prit le chemin de la ferme, s'engageant sur une
route de plus en plus mauvaise. Il allait d'un bon pas
dans ses bottes de cuir, comptant atteindre sa destination avant la tombée du jour. Il eut un coup au cœur,
après longtemps de marche, lorsqu'à gauche du soleil
couchant il distingua sur l'horizon un second soleil :
c'était la chevelure exponentielle de Kathleen, qui avait
prévu son arrivée à la minute près et avait voulu le voir
de loin.

Jean fut troublé. Il n'avait jamais rencontré de
femme si proche d'un vertige. Découpée rouge contre
l'horizon pâle, elle bougeait à la manière de l'eau et des
lièvres, des oiseaux migrateurs. Alors qu'il jurait de nouveau, avec ferveur cette fois, de ne se commettre ni avec
femme ni avec diable, il s'aperçut que ses deux bottes
étaient délacées. Il se pencha pour en refaire les nœuds
et, avant de relever la tête, vit apparaître deux pieds foncés, robustes et de belles proportions. Comment était-
elle passée de l'horizon à la proximité, il n'aurait su le

dire ; mais il avait l'odorat fin et, au lieu de l'enfer, il savait être en présence d'une angélique venaison. Il savait d'ores et déjà être possédé par une passion céleste et il sentit l'épiphanie creuser des veines nouvelles dans son sang, y pousser des vaisseaux ardents et des fleuves sans retour.

Il fut aimable, poli et distant pendant des semaines qui lui semblèrent des siècles. Il partageait des heures de sueur harassante avec le chef de famille et ses quatre garçons, et la table des dix pour chacun des repas. Malgré sa vigilance, il ne détectait aucune trace que ce soit de diablerie, de magie noire ou de complot. Seule la sauvageonne le préoccupait, son don d'ubiquité, sa maîtrise du français, ses mains nues sur la braise, son regard millénaire. Insomniaque depuis toujours par les nuits de pleine lune, il la vit chaque fois apparaître sur l'allée de gravier, toute blanche sous l'astre blanc, flottant dans sa robe légère. Elle fixait le ciel de manière inquiétante, jusqu'à ce qu'il se dégage d'elle une force intense et drue, le halo d'une solitude que Jean avait crue, longtemps, son propre et triste apanage. L'œil blanc de la fille ne lâchait pas la lune, l'œil bleu de l'homme ne lâchait pas la fille : il se sentait damné, condamné, brûlé dans son sang pour toujours à jamais.

Il fut toutefois aimablement poli et poliment distant pendant toutes ces semaines qui lui semblèrent des siècles. L'été était torride, la maison de bois, les chevelures de feu. Le dernier soir du mois d'août, un incendie éclata entre les conifères et le vent le plaqua contre la maison dont il ne fit qu'une seule bouchée. Ils périrent tous asphyxiés, sauf Kathleen qui se baignait nue dans le torrent glacé; sauf Jean qui, l'entendant se glisser hors de la maison, l'avait suivie subrepticement. Le vent poussait l'odeur du feu et des chairs dans la direction opposée; pourtant, lorsqu'elle sentit bouillir le sang des siens, Kathleen se tendit comme un arc. Un hurlement d'abysse s'éleva du torrent et Jean fut témoin d'une vision de furie, d'horreur et d'insoutenable beauté qui arrêta le temps, comme si les poumons de la fille contenaient toute la froideur de l'eau et tout le feu du feu.

L'incendie prit fin à cet instant précis, épouvanté par ce cri de sauvage. Jean se précipita hors des buissons, courut vers Kathleen en déboutonnant sa chemise pour l'envelopper dans le coton usé. Elle le regarda avec tellement d'absence qu'il recula d'un pas. Sans égard pour sa propre nudité, elle s'élança vers la maison qui avait disparu, vers les siens, dont il ne restait rien.

L'histoire de Kathleen la bête, la sorcière, la druidesse des sous-bois et des talles de bleuets fut brève et tragique. Jean la couvrit de sa passion d'homme, faite de coton usé, de bras capables et de bottes délacées. Il la conduisit par des chemins d'épines jusqu'au fond de la forêt, là où vivent ces Indiens qui ne craignent ni les femmes, ni les bêtes, ni le diable. En plein soleil du matin, il mit une fille en elle qu'ils appelèrent Aurore et qui naquit pieds nus.

De son côté, à l'occasion d'une tournée de l'Action de grâce, le curé du village constata que ses paroissiens irlandais, au surnom tristement prémonitoire, avaient péri sans l'ombre d'un reste. On conclut que le pauvre Jean avait subi le même sort et on déplora son imprudence de blanc-bec. Dans un élan collectif de compassion superstitieuse, une cérémonie funéraire fut prononcée, afin d'éviter de damner par omission onze âmes chrétiennes d'un coup. En l'absence de dépouilles, on enterra le troisième banc à gauche en partant du fond et la bible écornée. Les prières intercédant en leur faveur furent néanmoins brèves et circonspectes, pour éviter d'agir par méprise en faveur du malin.

Pourtant, le mal n'habite jamais là où l'on croit le connaître. Il vient le plus souvent des cuisines bigotes où la nature du bien est question de convenances. Des années plus tard, un printemps comme un autre, le commis en chef du magasin général requit l'aide des Indiens pour le guider jusqu'à l'embouchure du fleuve où il devait traiter des affaires. Loin, très loin, au coude de la rivière, il vit surgir de l'eau une chevelure de feu longue comme deux canots alignés. Il reconnut celle qui, parmi les *Fire Ten*, inspirait des soupçons unanimes. Il pointa le doigt vers elle en interrogeant ses guides du regard; ceux-ci se contentèrent de sourire sereinement en hochant la tête devant la présence la plus vénérable de toute la forêt, la mère des herbes qui officiait à des guérisons spectaculaires et à des accouchements heureux.

De retour au village, le commis en chef ne fit ni une ni deux. Il répandit avec conviction et force détails sa nouvelle version du drame des *Fire Ten*, sacrifiés avec Jean par leur propre fille qui vivait maintenant comme et parmi les sauvages, c'est-à-dire en marge de la justice de Dieu. De peur d'être collectivement damnés pour avoir consacré des funérailles à cette démone fourchue, les villageois se mirent d'accord pour la châtier sans procès.

Ils trouvèrent un allié sur les lieux de la faiblesse et du tourment, chez un métis aux yeux bleus, parti des deux mondes et facile à faire boire. Une seule bouteille de gros gin suffit pour qu'il conduise un contingent de justes jusqu'à la fille de feu. En l'absence de Jean et en présence d'Aurore, ils la brûlèrent vive et muette, depuis toujours consciente du risque d'être soi. Son âme aimée du monde s'éleva très haut, effleurant sur son passage l'épaule de son homme, qui comprit tout de suite ce qu'il savait déjà : le temps est bref, les bêtes sont libres, les hommes sont fous, les corps périssent. L'amour perdure, mystère sans tache le long des épines, au fond de la neige, sur les vaisseaux ardents. Vole, ma belle, aussi fort que tu peux. Je porterai Aurore au torrent glacial et je la couvrirai de nous et je lui dirai de t'entendre parmi les oiseaux.

Il courut à perdre haleine jusqu'au cri de leur fille, un hurlement d'abysse, tendu comme un arc devant les restes muets, à peine un tas de braises à traverser pieds nus.

Et Jean? demande Lucie, les yeux écarquillés d'horreur, Jean, mon grand-papa, est-ce qu'on peut aller le voir? Mais Aurore baisse la tête — qu'est-ce que tu dirais de faire des confitures de bleuets?

Lucie grandit dans une maison remplie de plantes, de livres laissés ouverts sur les bras des fauteuils, de coussins rouges et dorés qu'Aurore s'amuse à faire disparaître lorsqu'elle est en veine de prestidigitation ; de chansons épiques, de fines herbes en pots, de chaises bancales, de tasses dépareillées, de rideaux qui traînent par terre et qui cachent, lorsqu'ils sont fermés, le bloc d'en face, son mur de briques jaunes et ses balcons tous pareils, la plupart équipés d'une vadrouille, d'une corde à linge, d'un visage aux yeux cernés, de gestes lourds et tièdes, découragés.

Lucie n'aime pas les mathématiques, mais elle aime choisir et compter les billes de couleur qu'elle enfile sur du fil à pêche pour en faire des colliers et des bracelets kilométriques qu'Aurore porte à l'occasion de pique-niques, de promenades dans la rue Bellefaille ou d'exceptionnels rendez-vous avec on ne sait jamais qui. Quand Lucie, beaucoup plus tard, repensera à son enfance, elle se souviendra de l'extravagance de sa mère, de sa beauté, et des efforts mis à cacher la tristesse.

Claire grandit à coups de steak haché maigre, de patates pilées et de petits pois catégorie A dans une maison propre et cossue, décorée à grands frais selon les règles d'une confondante banalité et nettoyée de fond en comble chaque jeudi grâce aux bons soins d'Alambra. Murs pastel, bibelots de cristal, rideaux de dentelle et portraits de famille pris en studio contre un fond bleuâtre, avec un voile flou amenuisant l'imperfection des traits, leur humanité. Fauteuils de cuir, moquette, bow-windows donnant sur un hiver plus pâle ici qu'ailleurs. Suzanne aime le magasinage, les rubans, les pédicures. Son conformisme frise le génie : elle se distingue aussi peu de son habitat que les poêles de leur revêtement. Son mariage est parfait et parfaitement malheureux. Elle-même fidèle et efficace, elle sait très peu de lui ; Gérard paie comptant sans regimber et il voyage trois jours sur quatre.

De tous les objets qu'elle possède, Claire chérit surtout la tirelire rose en forme de cochon dans laquelle elle glisse religieusement la monnaie et les billets dont son père se débarrasse quand il vide ses poches. Elle la soupèse en frissonnant à l'idée vertigineuse qu'elle a depuis longtemps perdu le compte de ses économies. Elle frissonne tout autant à l'idée qu'il lui faudra un jour briser le joli cochon pour récupérer ses sous, même si son père a promis qu'il lui ouvrira alors un véritable compte bancaire. Le compte bancaire, Claire en a bien peur, ne sera pas aussi joli que le cochon, pas aussi rose ni tangible, mais Gérard lui explique qu'il sera l'unique garant d'un avenir sécuritaire, d'une existence confortable. Claire a peur de l'avenir. Avant de s'endormir, elle essaie de lui parler. Elle le supplie d'être sécuritaire et d'être confortable. Il lui arrive de garder le cochon toute la nuit à portée de la main.

Claire admire Aurore, ses sculptures en papier mâché, le fait qu'elle rie quand on renverse un verre de lait. Elle adore sa mère, mais elle ne l'admire pas. Elle en gardera une image de minutie, de bonté, d'efforts mis à cacher la tristesse.

La rue Bellefaille est bordée de friperies aux façades colorées et de restaurants à la bonne franquette dont les propriétaires, assis sur une chaise pliante ou sur les marches de ciment, haranguent les passants la cigarette au bec. Ils sont le plus souvent noirs ou foncés; quand ils sont blancs, ils sont d'un blanc qui tire sur le vert, le jaune ou le gris.

C'est Lucie qui a initié Claire à la rue Bellefaille, ayant elle-même été initiée par Aurore, lors de visites chez le coiffeur malien dont la boutique porte l'enseigne *Hommes, femmes, enfants, blancs*. Aurore le tient en très haute estime, non seulement parce qu'il arrive à dompter la chevelure de sa fille, mais aussi parce qu'il a su mettre le doigt sur le nœud du problème en lui disant que la différence entre les arbres et les humains, c'est que les humains peuvent choisir où habiter. Le nœud du problème, Lucie, écoute bien.

Un autre des lieux les plus fréquentés par Aurore est la boutique de François, de *François et Gendres, photographes.* Elle manque d'argent pour pratiquer la photographie, mais elle aime regarder les images des autres et François, qui convoite en vain ses faveurs, lui donne volontiers accès à l'arrière-boutique où elle feuillette les films fraîchement développés sous l'œil scandalisé des gendres. Aurore ne se gêne pas pour admirer ou critiquer les photos, la façon dont elles sont cadrées, la mise au point, le choix des plans. Elle a tout particulièrement horreur de celles où un membre de la famille apparaît minuscule devant un monument touristique; elle tente d'expliquer à Claire et à Lucie que la plupart des gens oublient complètement que l'esthétique est un contenu en soi et qu'on n'a pas besoin de montrer tout le centre-ville pour prouver qu'on l'a vu. Chaque année pour Noël, François lui offre cinq négatifs trente-six poses développement compris.

La rue Bellefaille est aussi le lieu de nombreuses missions impossibles destinées à recomposer la garde-robe de Lucie qui grandit vite, tellement vite. C'est tant mieux, parce qu'on aime voir une belle fille en bonne santé pousser de cette façon-là, mais ça coûte cher, et Lucie, écoute-moi, essaie au moins de ne pas tacher ta robe, on va rallonger tes pantalons au lieu d'en acheter des neufs, et, oui, les genoux usés sont à la mode cet automne.

Lucie suggère ingénument à sa mère de se livrer à l'un de ses tours de magie, tu n'as qu'à faire dispa-raître les choses du magasin et à les faire réapparaître à la maison, regarde, par exemple, cette robe-là je l'aime beaucoup, mais pas l'autre à côté, non, pour celle-là ça ne vaut pas la peine. Aurore lui explique que sa sugges-tion s'appelle du vol en plein jour et elle ajoute, chose rare, je suis fatiguée, Lucie. Prends patience. Ça va s'améliorer.

Les expéditions dans la rue Bellefaille s'amélio-rent en effet à partir du moment où Claire a l'idée de demander à sa mère d'acheter des choses un peu trop grandes pour elle de façon à les prêter à Lucie pour un certain temps. Suzanne accepte, à la condition que l'idée soit présentée diplomatiquement à Aurore, parce que personne n'aime qu'on lui fasse la charité de force,

Chouchoune, mets-toi bien ça dans la tête, c'est pire de se sentir humiliée chaque fois qu'on met une robe en pensant d'où elle vient que de se promener toute nue.

Claire, qui a horreur de se faire appeler Chouchoune, en privé comme en public, se présente donc chez Lucie, un grand sac de chez Ribaud à la main, et explique à Aurore que c'est une erreur, qu'on lui a acheté des vêtements trop grands par erreur, oui, ma mère fait des erreurs du genre, la pauvre, et alors, si jamais Lucie veut les mettre en attendant, jusqu'à ce que j'aie grandi… Aurore suggère candidement à Claire de les échanger, tu as sûrement gardé la facture, ce sur quoi Claire, paralysée par la peur d'humilier involontairement la mère de sa meilleure amie, s'écrie que non, non, non, la facture, le chien l'a mangée, ce sur quoi Aurore, qui sait bien que Claire n'a pas de chien et n'en aura jamais, Suzanne est bien trop pointilleuse sur l'hygiène domestique, sourit et ouvre le sac pour y trouver deux jupes, une robe, un cardigan, un pantalon de qualité remarquable, bien qu'un peu tristes en fait de couleurs et de modèles, vraiment la facture, tu es sûre, absolument sûre que vous l'avez perdue? Et Claire, incapable de mentir, bafouille, en fait, c'est parce que vous êtes pauvres, madame Aurore, et mon père il a tellement de sous, c'est juste pour aider, en fait. Il ne vient pas à l'idée d'Aurore de s'offenser. Elle met le sac de côté et invite Claire à boire une tisane à la mangue, ce qu'il y a de meilleur pour les blondes.

À partir de ce jour, les expéditions dans la rue

Bellefaille sont exclusivement consacrées à des opérations de renipage, selon l'expression d'Aurore, qu'est-ce que tu veux dire, maman? Je veux dire de farfouillage, ma belle, de farfouillage de rubans, boutons, appliqués, pour dévier l'attention des plis de la jupe et pour remonter le moral du pantalon beige, quelque chose pour qu'ils deviennent *ton* pantalon et *ta* jupe à toi, personnellement, et que tu les aimes comme si tu les avais choisis, as-tu idée de combien coûtent les boutons d'occasion? Pas mal moins cher qu'un cardigan de chez Ribaud, et en plus je suis sûre qu'il va nous rester assez pour un café chez Coco, toi tu boiras une limonade ou un diabolo menthe, non, pas de coke — elle lève les yeux au ciel — non, PAS DE COKE, j'ai dit.

Lucie grandit et les vêtements reviennent à Claire en parfait état, lavés, repassés, bien entretenus, avec en prime des ornements de plumes, de paillettes et des bords de crêpe que Suzanne, au grand désespoir de Claire, s'empresse de faire découdre par Alambra, qui, par la force des choses, se débrouille bien en matière de reprisage.

Chaque fois que Lucie la questionne sur sa propre enfance, Aurore a recours à d'autres fables, à d'autres lieux, à d'autres femmes. Elle se laisse emporter par son récit et fait confiance à l'imagination de sa fille pour qu'elle la suive sur des chemins tracés à l'improviste et souvent peu adaptés aux pas d'un enfant. Peu importe le vocabulaire que sa mère lui assène, Lucie est toujours ravie qu'une histoire vienne assaisonner son tofu. C'est à sa demande que Mrs Pigheights, la préceptrice anglaise du pensionnat des petites sœurs de Saint-Paul-Empalé, devient l'un de ces personnages fétiches sur lesquels Aurore concentre tout son pouvoir d'évasion.

Mrs Pigheights, ma Lucie, est le meilleur professeur dont on puisse rêver. Gentille, ponctuelle et totalement dépourvue de vie personnelle. En apparence. Fais attention, ma Lucie, aux gens qui ont l'air de ne pas avoir de vie. Ils cachent souvent des départs sans retour qui les ont rendus tristes à jamais. Pense à eux dans tes rêves et aussi dans tes dessins.

Imagine Mrs Pigheights. Son nom de jeune fille est Downhill. Elle traverse une rue londonienne avec prudence, comme c'est son habitude. Après des années passées à Montréal, au Québec, elle commet parfois l'erreur de ne pas attendre les voitures du côté où elles arrivent. Mrs Pigheights ajuste son chapeau, lisse sa manche, plisse les lèvres, tire des deux mains sur son tailleur. Elle respire à fond. Elle s'arrête un instant sous la pluie, devant un escalier monumental. Elle s'est longtemps questionnée ce matin à propos de la couleur la plus convenable pour son tailleur. Elle a opté pour le noir. Après tout, il n'y a jamais eu que du deuil.

L'escalier est imposant. La pluie est fine, le ciel opaque. Le trottoir est mouillé. Ses mains sont moites, son cœur est proche de sa gorge. Son chapeau tend à se déplacer vers la gauche. Elle est tentée de le replacer. Elle le replace. Elle lisse sa manche. Elle pince les lèvres. Elle tire des deux mains sur son tailleur. Elle est minutieuse en général et nerveuse ce matin. Ça la rend plus minutieuse encore et elle s'énerve elle-même, sur le trottoir opaque et sous le ciel mouillé.

Il y a cinquante ans, elle s'est arrêtée sur la même dalle de trottoir, aux prises avec le même rituel. Entre alors et maintenant, elle a accumulé, morceau par morceau, minute par minute, une vie faite de riens et, notamment, d'élèves appliquées. Appliquées à apprendre la langue anglaise — *correctly* —, elles s'appliquaient aussi à leur insu à combler l'inconfortable vide que les aiguilles des montres, laissées à elles-mêmes, mettent une éternité à traverser. Mrs Pigheights, née Downhill, a parcouru ces années d'un pas saccadé et discret, discrètement pluvieux, solaire par rares saccades : en comptant les jours.

Les jours en attente de George, les jours en présence de George, les jours en l'absence de George, les jours dans l'espoir que George... Les jours après George. Compter, c'était vivre en avant. Elle jouissait, dans la platitude de son quotidien, d'une constance qui l'avait portée, somme toute, somme faite, jusqu'à aujourd'hui, un jour de la catégorie « longtemps après George », et jusqu'à cette dalle de trottoir, toujours la même, où elle se concède maintenant un dernier plissage de manche, pincement de lèvres avant d'entrer là où les catégories menacent de pivoter radicalement.

Elle entreprend l'ascension de l'escalier. Les marches sont les mêmes, mais ses jambes, elles, ont bien changé. L'arthrose hisse le plus banal obstacle à hauteur d'Everest et un réajustement de chapeau s'impose à mi-chemin. N'importe laquelle de ses élèves, la voyant dans ce passage difficile, s'empresserait de la prendre par le bras en murmurant : « *This is such a difficult day for you.* »

Sa mère, Dorothy Downhill, née Pigheights, avait eu des mots semblables pour elle, cinquante ans auparavant. « *I will fix you a cup of tea, my dear. Just rest on the sofa. This is such a difficult day for you.* » Allongée sur le divan fleuri, elle se souvenait d'avoir passé en revue les roses de la tapisserie et les iris du candélabre en pinçant machinalement ses boutons de chemisier. Le plafond était bas, le tapis épais, le salon calfeutré, apaisant dans sa surcharge décorative, semblable peut-être à un salon funéraire, mais surtout à ce qu'un salon funéraire dégage d'implacable repos et d'outre-tombe en route vers le silence absolu.

Une tasse de thé. Née Downhill, Mrs Pigheights remarqua que sa mère avait choisi le service des grands jours, de fine porcelaine claire cerclée d'or avec, sur le bombement de la tasse, un motif récurrent, une sorte d'épicentre floral détaillé avec un raffinement qui frisait la manie. Un délicat parfum d'agrumes. Quelques feuilles sombres bougeaient au fond de la tasse, flottant et coulant à la fois. Mrs Pigheights les nota avec consternation, car elles promettaient à coup sûr la visite de Juliet Bones pour une lecture de circonstance.

Dorothy, la mère de Mrs Pigheights, démontrait à tout instant une intuition redoutable, égale en raffinement à son service des grands jours. Elle perçut l'embarras de sa fille et la sermonna discrètement : « *Tut, tut, my dear. Don't worry. I know what is best for a young lady in times of loss and grief.* » Mrs Pigheights, sans répondre, porta la tasse à ses lèvres et fut, comme on l'est parfois dans les moments de détresse, ravie pour un bref voyage le long de sa gorgée. Le thé venait d'Orient, vers l'Orient il l'emporta, l'Orient tel que rêvé et conquis par l'Empire britannique, incrusté de safran, de sable et de valets polychromes. Souviens-toi toujours, Lucie, que l'imagination garde en réserve une panoplie de sorties de secours.

Pourtant, les gorgées ne durent pas plus que les empires. Dès son retour d'Orient, Mrs Pigheights fut assaillie par le souvenir douloureusement détaillé de son matin même. Elle pénétrait dans une pièce aux murs jaunis, aux plafonds élevés, au centre vide. Le centre vide fut peut-être ce qui la toucha le plus, ce qui coïncida le mieux avec l'état de son cœur et de son estomac. De longues tables couraient sans interruption le long des murs, couvertes d'objets inanimés. De loin, on aurait dit une foire d'antiquités ; de près, une visite d'hôpital. Ces objets inanimés, assurément pourvus d'une âme, engageaient un dialogue troublant avec les femmes de tous âges qui défilaient en les touchant d'un doigt tremblant. Cartes d'identité, enveloppes décachetées, chaînes, bagues, poussières, usures. Au contact des doigts, on entendait leur voix s'élever, suppliante : emporte-moi, rejoins-moi, survis-moi. Ne m'oublie pas. Embrasse les enfants.

Aux deux tiers de la troisième table, la jeune épouse Pigheights entra en dialogue avec la montre de George. Sale, égratignée, mais parfaitement reconnaissable. Elle la toucha du bout d'un doigt tremblant en suppliant du regard l'officier responsable. D'un air circonspect, celui-ci l'invita à s'asseoir au pupitre sur lequel il allait remplir le formulaire d'identité.

« *So your husband was a flyer, wasn't he?*

— *He was.*

— *You know that his body was never recovered.*

— *I do.* »

Le dossier comprenait une fiche de la personne responsable de l'identification du soldat disparu. L'officier s'interrompit en pleine rédaction.

« *Mrs Pigheights,* fit-il d'un ton de commisération, *I do understand your distress, but something puzzles me about your mother's surname. How could you be born Downhill and she Pigheights, for you to later become Pigheights and she Downhill?* »

La réponse était simple, bien que passablement embarrassante.

« *George Pigheights was my cousin.* »

« *Oh.* » Pause. « *I see.* » Pause. « *Well… In that case there is no problem whatsoever.* » Pause. « *I mean, apart from his disappearance.* » Pause. « *I am sorry. Oh well. Oh dear.* »

Mrs Pigheights, quelques heures plus tard, dans l'étouffante flore du salon de sa mère, avala sa dernière gorgée de thé juste à temps pour l'arrivée de Juliet Bones. Celle-ci, comme à son habitude, fit une lecture cryptique du fond de la tasse. « *We keep filling absences with our own projections* », commença-t-elle. Elle cherchait le regard de Mrs Pigheights, entièrement absorbée par ses boutons de chemisier. « *You will lose only what you can't let go of.* »

À cet instant précis, une mouche vint se poser sur le cercle d'or de la tasse et Mrs Pigheights, bien que née Downhill, commit, en voulant la chasser, le geste le plus violent de toute son existence. Les fleurs de la tasse se fracassèrent contre celles de la tapisserie avant de sombrer dans les poils du tapis. « *I am mortified* », s'excusa-t-elle sans conviction, pendant que sa mère s'affairait autour des éclats, laissant échapper un « *Don't worry, my dear* » pour chaque morceau qu'elle ramassait.

Juliet Bones observait la scène d'un air cryptique. Elle avait compris au vol que la jeune fille, bien que mariée, venait tout juste, en brisant la tasse, de quitter le giron maternel. Et elle l'imaginait déjà en route le plus loin possible de l'épicentre floral et de l'absence de George, aussi loin, pourquoi pas, que l'Amérique du Nord. « *Those colonies do need correct English* », murmura-t-elle à son intention, en posant une main légère sur son avant-bras.

L'arthrose conquiert enfin le sommet de l'Everest. La vieille femme s'avance dans le hall d'entrée. À sa gauche se trouve la salle où, cinquante ans plus tôt, des femmes et des montres s'échangeaient leurs adieux. Elle y jette un coup d'œil : l'espace, peint en bleu, est meublé pour une conférence. Une réceptionniste l'intercepte en lui ouvrant la porte d'un bureau au fond duquel un officier se lève immédiatement pour lui désigner un siège. « *Mrs Pigheights* », dit-il simplement en guise d'introduction. Elle ne répond pas. Il compte aller droit au but et, à cet effet, il lui demande si elle reconnaît sa propre déposition basée sur l'identification d'une montre boueuse. Elle acquiesce. Il se racle la gorge.

« *Mrs Pigheights,* reprend-il, *evidence has come to us that George Pigheights died from lung cancer ten days ago. In Montreal, Canada.*

— *Montreal?* »

Il hoche la tête.

« *Canada?* »

La hoche de nouveau.

« *I am ever so sorry, Mrs Pigheights. It is our policy to let the family know of any case that has been solved. Even fifty years later.* » Pause. « *May I tempt you to a cup of tea?* » Pause. « *Of course not.* » Pause. « *Oh dear.* »

La descente de l'Everest se révèle en quelque sorte plus aisée que l'ascension. Une nouvelle catégorie de jours vient de s'ouvrir : ceux de « la mort certaine de George ». La veuve Pigheights omet de rajuster son chapeau. Il pleut à boire debout. Elle est debout et c'est ce qui compte. *Montreal, Canada. Of all places.* George Pigheights a fait de sa vie un mensonge et de sa mort une vérité. Qu'en a-t-elle fait, elle, née Downhill? L'absence des autres, pense-t-elle tristement, on la remplit de nous-mêmes. Et, à mesure qu'on s'y déverse, on s'égare de plus en plus.

À ce point du récit, Aurore doit invariablement s'interrompre parce que Lucie, en pleurs, veut savoir s'il s'agit d'une histoire vraie. Cette histoire est vraie, répond sa mère en citant Boris Vian, puisque je l'ai inventée. Lorsqu'elle est présente, Claire exige que les phrases cryptiques de Juliet Bones lui soient expliquées et que les phrases en anglais soient traduites. Aurore refuse, persuadée que sans les phrases cryptiques et sans l'anglais, l'histoire perdrait son charme aux yeux des filles, le charme irrésistible de ce qu'on ne comprendra que plus tard.

On ne saurait dire que Suzanne s'entend particulièrement bien avec Aurore, on pourrait dire, tout au plus, qu'elles s'habituent l'une à l'autre. Le trait d'union entre ces deux femmes dissemblables se limite à leurs filles.

Presque toutes les semaines, Suzanne gonfle le matelas de piscine pour faire dormir Lucie dans la chambre de Claire. Elle opère avec une pompe à pied tout en dirigeant Claire dans son choix de draps fraîchement repassés. Presque toutes les semaines, Aurore enseigne à Claire comment faire des gâteaux sucrés sans sucre, avec du miel ou du sirop d'érable, et du seitan maison en rinçant la farine sous le robinet. Pour l'anniversaire de Lucie, Suzanne lui offre toujours l'un des volumes de la comtesse de Ségur, dans une édition reliée ; pour l'anniversaire de Claire, Aurore fournit toujours une pile de Bob Morane en livres de poche d'occasion. À force de faciliter cette amitié si tenace, Aurore et Suzanne développent une certaine considération l'une pour l'autre, mais il ne leur viendrait pas en tête, par exemple, de se faire des confidences.

Pour les confidences, Aurore est démunie. Aurore

est seule, d'une solitude naturelle et perceptible au premier coup d'œil, bien que protégée par une sorte de halo d'autarcie qui empêche qu'on lui pose des questions. On ne connaît pas l'origine de cette solitude ni les raisons de sa perpétuité. Aurore elle-même semble y accorder bien peu d'importance. Mystérieuse, marginale, elle fonctionne dans le monde de tous sans pourtant lui appartenir, et elle vaque dans son monde à elle sans pourtant le partager.

Suzanne, en revanche, s'est équipée d'une amitié qui répond à toutes ses exigences, en particulier celle de respecter les détours mondains dont elle enrobe tout ce qu'elle fait. Depuis des années, elle prend le thé avec Gisèle chaque jeudi après-midi pendant qu'Alambra fait le ménage — après un époussetage préliminaire pour cacher le gros de la saleté.

On pourrait sans grand risque d'erreur appliquer à Gisèle l'épithète « ordinaire ». De l'extérieur, du moins, puisque, de l'intérieur, elle voyage comme tout le monde le long d'une expérience tissée sur un métier complexe, dont les fils s'emmêlent parfois sans que le temps s'arrête, une existence ponctuée de nœuds, de trous et de passages sublimes, d'agencements surprenants dont personne ne sait rien et dont elle sait si peu. De l'intérieur, Gisèle livre une bataille intime, interminable, contre la dépression. Elle tombe et se relève, croit souvent se lancer dans un recommencement qui débouche immanquablement sur une fin trop familière. À la racine, il y a la peur. Il y a une peur antique au fondement de tout ce qu'elle fait et de tout ce qu'elle

pense, et cette peur l'attire dans les rangs de la norma-
lité, le plus, le mieux possible.

Elle a un mari qui ne veut pas d'enfants. Chaque
fois qu'elle remet le sujet sur la table, il essaie de la dis-
suader en vantant les mérites de leur style de vie, basé
sur un éventail de terrains de golf et de restaurants ita-
liens ; il brandit le spectre des vergetures, des varices, des
hémorroïdes, des kilos en trop. Des nuits sans sommeil.
Des rhumes, des vaccins, des dents. Quand sa liste
dérape, il conclut immanquablement : « et ainsi de
suite, Gisèle ». Le sujet est clos.

Suzanne et Gisèle fréquentent la maison de thé
chaque jeudi, insistant sur cette appellation, « maison
de thé », qui leur procure à la fois le vertige d'un sno-
bisme bon marché et d'inavouables frissons de maison
close. Leur rituel est tellement rodé que la conversation,
à leur insu, est devenue parfaitement prévisible, sinon
dans son contenu, du moins dans son déroulement.

Échange de politesses banales, d'abord. Détour par
quelque petit potin, public ou privé, qui leur fournit
l'occasion de se scandaliser de concert, d'accorder, en
quelque sorte, leurs violons. Puis, enfin, une confession
prononcée à voix basse, par l'une ou par l'autre, et qui
donne lieu au vrai motif de leur rencontre, à son usage
thérapeutique. Ces deux femmes aguerries à l'art du
fond de teint et de l'hygiène dentaire ont tacitement éta-
bli cet exercice de lucidité hebdomadaire. La maison
de thé joue dans leur psychisme le rôle d'un coffret de
sûreté : les secrets qui ne sortent jamais en plein jour,
elles peuvent les y contempler sous tous leurs angles

chaque jeudi après-midi après quinze heures, pendant le gros du ménage d'Alambra.

À seize heures cinquante-cinq, aussi brusquement qu'elles l'ont ouvert, elles referment le coffret. Coupant court aux tendres échanges, francs conseils et réflexions perspicaces, l'une d'entre elles émet un commentaire banal et guindé en reculant vers le dossier de sa chaise. À ce signal, elles pincent les lèvres entre lesquelles elles demandent l'addition, et traversent à pas mesurés le tapis vert qui les sépare de la sortie.

Alambra fait son travail d'aide-ménagère avec une diligence et une application telles que sa propre personne semble s'évanouir sous la vadrouille et par le chas des aiguilles. Cependant, au retour de la maison de thé, un jour de décembre, Suzanne remarque pour la première fois l'expression de son visage au repos. Penchée sur le lavabo de la salle de bains, Alambra se reflète dans le miroir ; Suzanne, en route vers sa crème hydratante, s'arrête un moment sur le pas de la porte. Le miroir lui montre une figure ouverte et dépourvue de requêtes, un air de perte et de communauté. Les deuils accumulés entre les joues de cuivre, la détermination silencieuse, ce manque de tout qui ne demande rien ; c'est la discrétion de Suzanne qui perçoit la discrétion d'Alambra, et il lui vient à l'esprit que sa femme de ménage n'a peut-être aucune famille dans ce pays. Elle décide de l'inviter pour le réveillon de Noël.

Alambra, en effet, n'a pas de famille dans ce pays. Dans l'épaisseur de l'hiver, elle ne retrouve d'ailleurs ni la joie ni la transparence qui caractérisaient sa vie sous l'équateur et qu'elle croyait alors caractéristiques de la vie elle-même. L'aspect le plus exigeant de son adaptation, cependant, n'a rien à voir avec l'égrainement si lent des heures, de la fin octobre à la mi-avril. Il lui vient plutôt de la mobilité réduite des visages qui l'entourent. Elle n'imagine pas autrement les glaciers, les déserts.

Elle passe secrètement son temps à résister de son mieux à toute forme de nostalgie. Quand sa résistance flanche, une image, la même chaque fois, l'envahit et la trouble pour le reste de la journée. Dans cette image, elle est assise sur une souche, à l'ombre fragile d'une branche basse. La chaleur est suffocante, la sueur perle sur son front, des ruisseaux serpentent jusqu'à son nombril. Elle est nue sous une robe synthétique chargée de fleurs rouges et de cerises violettes. L'air, encombré du chant obsédant des cigales, entre dans ses poumons à grand-peine ; il a la texture du pain trempé dans le lait chaud, son épaisseur de cataplasme à furoncles.

Assise sur la souche instable, elle tourne le dos à sa propre maison, à l'intérieur de laquelle quatre militaires procèdent à une bruyante perquisition. Le matin même, ils ont emmené son mari, ses épaules franches, son cœur d'homme, son œil muscade. Elle entend la maison se défaire et chacun des bruits de cassure ajoute simultanément à son désespoir et à sa détermination. Elle est enceinte ; la sueur en route vers son nombril trace d'improbables chemins par lesquels espérer que le bébé s'évaporera doucement, qu'il partira de lui-même.

En face d'Alambra, sur une souche semblable et en

proie à de semblables sueurs, il y a Teresa, sa sœur aînée, son seul lien de sang encore vivant. Mince dans une robe jaune paille, sa peau plus claire résonne dans l'ombre. Elle se tient droite, tout entière érigée dans la dignité typique des peuples du maïs lorsque forcés à se retirer sur des lots indicibles. Plus grave l'humiliation, plus imprenable l'être. Teresa se tait. Elle ne bouge que par brèves secousses pour écarter une mèche sur son front ou pour jeter un coup d'œil furtif sur la maison d'Alambra.

De cette image, pourtant, et bien qu'elles en soient la trame et le grain, Alambra ne retient ni la terreur, ni l'attente, ni la chaleur accablante, ni l'imminence de la séparation. Car un oiseau arrive, un oiseau-mouche. Il bat frénétiquement des ailes dans l'épaisseur torride et, avec une insolite assurance, s'approche de son genou. Ce qu'il veut, c'est un morceau de cerise et, à voir la robe collée sur ses cuisses, sur ses flancs, il a sans conteste l'embarras du choix. Il fonce, bec en tête. Il choisit une cerise et entreprend de picorer. À cette vue, Teresa éclate de rire. Toute sa contenance se fend dans le visage ouvert. Elle rit d'un rire large comme les plateaux et comme les palmes hautes : un rire dans lequel, pour un instant seulement, un seul et bref instant, la plaine du malheur se replie sur elle-même.

Ce qui obsède Alambra, c'est le rire de sa sœur — l'effacement de tout dans le rire de sa sœur, l'engouffrement du gouffre dans son visage ouvert. Là se tiennent debout : leur enfance qui pousse entre les épis, leurs cochons roses, les gerçures de la terre qui râle au soleil, la bouche de la terre quand arrive la pluie ; les mains fortes de leur mère, ses mouvements souples, la musique de tous, les travaux commencés avant l'aube, les honneurs rendus aux champs en échange des récoltes, la part précieuse des graines fertiles. Là se tiennent tapis : la chute de son père devant ses propres enfants ; les toits en feu, les couvertures en cendres et l'injustice sans recours. La fuite loin des lieux habitables, l'espoir vain d'un refuge propice à l'attente, à l'improbable paix ; le passé d'Alambra et de son peuple dramatique, le spectre de l'avenir aussi, de ce qui viendra une fois le rire fermé.

Sur la robe, la cerise mordillée par l'oiseau a disparu. Alambra a déjà décidé d'avorter et de fuir au nord, au nord du nord, comme ils disent, à pied et en échange de n'importe quoi. N'importe quoi. Maintenant que la cerise a disparu, elle est certaine qu'elle survivra : dans sa culture, le destin protège les élus des oiseaux.

Ce qui blesse Alambra, dans son pays d'adoption, c'est le visage clos des peuples pacifiques. D'un seul éclat de rire, elle a reçu la force de partir et même de quitter celle qui riait et même de rejeter son propre enfant ; d'oublier son mari, de marcher sans relâche et de prêter son corps à toutes sortes d'excès pour parvenir n'importe où, pourvu que ce soit au nord du nord.

L'année de son arrivée, Alambra a passé l'hiver à marcher dans les rues enneigées. On lui avait fourni un plan de son quartier, mais elle s'orientait plus volontiers par la texture des briques et la distance entre les arbres. Elle était partie de loin pour aboutir quelque part, sur un point du monde choisi au hasard et qui, pour cette raison, ne lui offrirait jamais les racines de là où l'on apprend à aimer, de là où l'on s'est obstiné à survivre. Pendant tout le premier hiver, elle a marché dans la double constatation de n'être plus menacée de mourir et d'être déjà morte.

L'invitation de Suzanne lui ouvre une porte inattendue. Alambra accepte et compte les jours. Elle arrive tôt ce soir-là et s'empresse d'aider à la cuisine. Elle porte ses vêtements habituels, amples, ses vêtements pour loger les sans-abri, cette annexe au cas où. Claire, qui saisit au vol le caractère révolutionnaire de la situation, en profite pour exposer Mélanie, la poupée noire, dans ses plus beaux atours. Gérard se montre plus souriant que d'habitude, ajoute une traînée de suie sur les cadeaux venus du père Noël, remplit généreusement les verres de mousseux, distribue les clins d'œil et caresse la tête blonde de sa fille dès qu'elle passe à portée de main.

Alambra ramasse les rubans et le papier d'emballage froissé, poursuivie par les invectives de Gérard qui la somme de se relaxer. Claire reçoit une flûte de Pan dont elle ne sait que faire ; Alambra lui explique comment s'en servir et Gérard, dont personne ne soupçonnait le talent musical, s'empresse d'y jouer *Jingle Bells*. Suzanne pétille autant que le contenu de son verre, rit aux larmes sans égard pour son mascara et insiste pour que tout le monde se resserve de dinde, de farce et de bûche. Le bonheur de la femme de ménage, cette année-là, fait le bonheur de toute la famille. Il semble à Claire qu'il s'agit d'une fête neuve et beaucoup plus heureuse, une fête qui sonne bien dans la bouche d'Alambra quand, la serrant dans ses bras, elle lui dépose à l'oreille le *Feliz Navidad, chiquita* qui déclenche sa passion pour les mets épicés.

Échaudée par la lecture des *Trois Mousquetaires* en édition de poche qu'elle a reçu pour Noël et par son besoin de s'arrimer à des appartenances, Lucie forge l'idée de faire de Claire sa sœur de sang. De quoi? demande Claire, dégoûtée. De sang, ça veut dire pour toujours.

« OK, je suis ta sœur de sang pour toujours.

— Non, pas comme ça. Il faut un serment.

— Un quoi?

— Une preuve que c'est pour toujours.

— Je peux signer si tu veux.

— Signer quoi?

— Je peux te signer un chèque de mon père et écrire *À Lucie,* avec la date *Pour toujours.* C'est facile, je sais où ma mère cache les chèques.

— Non non. Je veux que tu signes sur ta peau.

— Au crayon feutre?

— Non, pour toujours. Avec une cicatrice. »

Claire, frondeuse de nature, réprime un rictus et accepte par crainte d'avoir l'air peureuse. Le samedi suivant, elle dort chez Lucie et, très tôt le dimanche, toutes les deux vont sur la pointe des pieds chercher le meilleur couteau de cuisine dans le tiroir qu'Aurore leur a défendu d'ouvrir. Elles s'enferment dans la chambre de Lucie avec le couteau, deux serviettes sanitaires, du gin et du ruban adhésif. Le cœur battant, se préparant mentalement pour un bain de sang, elles couvrent le plancher de papier journal.

Claire offre de se sacrifier la première. Lucie l'aide cérémonieusement à s'agenouiller sur la rubrique nécrologique et tient un moment le couteau au-dessus d'elle, comme l'épée d'un chevalier, mais elle perd brusquement contenance en s'apercevant qu'elles n'ont pas décidé de l'endroit où l'incision devait être faite.

« Où ?

— Où quoi ?

— Où ? »

Lucie gesticule impatiemment avec le couteau.

Elles procèdent par élimination, rejetant le front, la plante du pied, le poignet. Finalistes sont l'omoplate, le creux du bras, le devant de la cuisse, le bas du dos. Les palabres se prolongent quand elles entendent avec effroi la porte des toilettes se refermer sur Aurore. Claire passe son *baby-doll* au-dessus de sa tête et se penche avec une grimace d'anticipation : l'omoplate.

Lucie, exaltée par le caractère sacré du geste, dépose la pointe du couteau sur la peau de son amie. Dans la lumière du matin, une vraie lumière de dimanche, elle remarque pour la première fois le duvet presque invisible qui couvre son dos. Elle remarque la pâleur de sa peau, sa parfaite étendue. Pour la première fois, elle constate à quel point elle craint que son amie ne se blesse, disparaisse, ait mal d'une façon ou d'une autre. La pointe du couteau tremble, fébrile, au-dessus de Claire.

Elles entendent la porte des toilettes se rouvrir. Lucie avale péniblement. Claire, toujours grimaçante, émet un grognement d'impatience.

Lucie ose. Un tout petit *L* rouge apparaît sur la plage duveteuse, à l'ombre fragile de la dune d'omoplate. Excuse-moi, fait Lucie en déposant le couteau. L'entaille saigne à peine, mais elle l'asperge de gin et y presse la serviette sanitaire qu'elle couvre de ruban adhésif. Claire se redresse et laisse retomber son *babydoll* en prononçant son serment éternel : « Lucie, pour toujours. » Elle embrasse son amie sur la bouche.

Les tintements variés du déjeuner d'Aurore leur parviennent de la cuisine. Lucie n'a pas cessé de trembler. Elle prend place à son tour sur la rubrique nécrologique, soulève son pyjama et attend. Claire, sans hésiter, trace le *C* en ayant soin que leurs sangs se mêlent sur la pointe du couteau, verse le gin, plaque la serviette sanitaire à l'envers, la décolle en arrachant un cri à Lucie, la remet à l'endroit, la tient avec son menton pendant qu'elle coupe le ruban adhésif, se retrouve avec la serviette sanitaire collée sur le menton, la plaque de nouveau sur Lucie de plus en plus nerveuse, applique vigoureusement un mètre de ruban adhésif au moment même où les pas d'Aurore s'approchent de la chambre. Avant qu'elle n'ait cogné à la porte, tout l'équipement chirurgical se trouve empilé sous l'oreiller de Lucie qui murmure : « *C* pour Chouchoune, pour toujours. » Claire s'apprête à l'étrangler quand la voix d'Aurore exige calmement la consignation du couteau pour son ananas en tranches.

Lucie lui ouvre, l'air coupable, le couteau à la main. Les serviettes sanitaires, qui les font ressembler au bossu de Notre-Dame, n'échappent pas à Aurore dont l'esprit romanesque tire rapidement des conclusions exactes. Elle prend le couteau des mains de sa fille et la regarde longuement dans les yeux. Elle connaît trop bien cette lancinante nostalgie, la nostalgie de ceux qui manquent de racines, une nostalgie sans objet, fantomatique comme la douleur ressentie dans un membre amputé.

Elle lève les yeux au ciel pour la forme et s'en retourne à l'ananas. Pendant qu'elle le coupe en tranches, elle ne cesse de remercier la vie d'avoir pourvu Lucie d'une Claire pour toujours et elle se promet de les badigeonner de Mercurochrome dès qu'elle aura fini de déjeuner.

Bord de mer

La nuit dernière, j'ai recommencé à rêver. Dans mon rêve, j'écrivais sur mon visage. Les mots s'effaçaient à mesure et, à mesure que les mots s'effaçaient, mon visage disparaissait lui aussi. Mon oblitération laissait passer le jour, sans le réfléchir ni le réfracter. J'écrivais avec une espèce de joyeuse frénésie, avec le sentiment d'une libération. J'écrivais avec ma main droite sur ma main gauche, qui disparaissait ; avec ma main gauche sur ma main droite, qui disparaissait aussi. Même sans main visible, j'écrivais et, à la fin, juste avant que je me réveille, il ne restait que deux verbes à la place des yeux. Je ne me souviens plus de ces verbes. J'ignore même s'ils étaient conjugués.

Ce matin, dans la maison, tous les miroirs ont disparu. Je ne pourrais voir mon reflet que sur le dos troublé de la mer. Mais je n'ai plus besoin de mon reflet maintenant.

J'écris pour mes femmes aimées, celles qui participent sans bruit à la transmission de menus savoirs à propos du courage et de la lenteur des nuits, de l'étroitesse des jours, de leur lumière. Elles sont présentes ou absentes de la même manière, celle de l'eau, du lait ou de la chouette, celle des horloges. Chacune existe dans un corps temporel où peut se glisser la naissance avec la mort qu'elle contient.

Souvent des visions s'allument et s'éteignent dans un instant très bref. J'écris pour allonger leur pas. Visions d'ensemble et de singuliers détails. Femmes de sang et d'eau, de terre et de manque, de cendres, de peur. Femmes mains ouvertes poings fermés, poitrines pleines pour passer l'hiver, ventres creux de laine ajourée. Je vous observe à vol d'oiseau. Je vous admire à pas de loup. Je vous pardonne à bout de bras.

J'aime le vent. Le vent me donne la certitude de n'être pas tout à fait perdue. Sur ma plage, juste avant l'aube, il y a parfois les restes d'un château que la marée déshabille. Mes pages viennent pour comprendre. Elles arrivent de là-bas, c'est-à-dire du souvenir. Elles viennent pour réparer, ici le temps n'existe pas.

Deuxième cahier
L'âge de raison

Mémère Cadieux sent venir sa fin. Suzanne prend sur elle : en plus des samedis après-midi, les visites à la maison de retraite incluent maintenant tous les mardis après l'école, courage, ma Chouchoune. Elle n'invite plus Lucie, jugeant le spectacle trop désolant. Le tyran fane à vue d'œil sur sa chaise berçante. Son corps parvenu, son temps achevé, son banal naufrage, dramatique, inévitable : nécessaire. Suzanne frissonne quand elle compare la vigueur de sa fille à l'effeuillement de sa belle-mère, un corps dérivant si naturellement d'un autre, comme dans une implacable course à relais.

À cause de la douleur ou à cause de l'imminence du purgatoire, mémère Cadieux a changé. Elle sourit avec une candeur déconcertante. Elle cesse de s'imposer aux autres, reléguant avec humilité le Jugement dernier à des compétences plus hautes. Elle se perd plutôt dans des discours confus où se mêlent, sans ponctuation, l'énumération de ses malaises et pilules avec sa foi trempée dans les flammes de l'enfer.

À bien y penser, personne ne l'a vraiment connue. Une veuve éternelle, tête de mule, culotte de cheval. Gérard soutient qu'autrefois les hommes se retournaient sur son passage. Une ligne parfaite reliait son menton à sa gorge. Son génie atteignait des sommets à l'occasion du bridge ou du poker. Rien à voir avec ce petit tas de chair, poitrine étalée sur le ventre, ventre débordant sur les toutes petites jambes.

Par un revirement inattendu, sa coquetterie autrefois si agaçante devient une expression du courage. De l'héroïsme, vraiment : elle porte du rouge à lèvres. Elle se fait teindre en blonde. Confinée dans son lit, elle convainc sa fameuse esthéticienne de se lancer dans les visites à domicile. Elle ne concède aucun terrain à la décrépitude et sa bataille pour demeurer maîtresse de son corps vaut mille discours sur la dignité humaine.

Claire et Suzanne restent là debout devant elle, chaque mardi après l'école, un bouquet de fleurs ou un billet de loto à la main. Une préposée vient régulièrement changer les draps — soulevez vos fesses, madame Cadieux, oui, c'est ça, bravo, tournez-vous sur le côté maintenant, bon, voilà, vous êtes toute fraîche, fraîche comme une rose, madame Cadieux. L'agonie en sandwich entre les draps propres rend Claire mal à l'aise à la manière des petits mensonges, des omissions vertueuses.

Trois fois de suite, les médecins annoncent qu'elle ne passera pas la nuit. Suzanne se charge d'appeler le prêtre et Claire, la troisième fois, la questionne sur le risque d'une overdose d'extrême-onction. Suzanne, épuisée par ces fausses alarmes, ne peut pourtant s'empêcher d'admirer mémère Cadieux. Elle l'observe, assoupie ou retirée dans une longue grimace, résistant à l'attaque d'une armée entière d'archers gris et murmu-rant pour elle-même des conjurations ; sa souffrance, cette pénible antichambre, semble un travail harassant. L'oxygène cherche à tâtons un chemin dans sa gorge. Elle dure, elle endure. L'intimité avec une telle débâcle a quelque chose de sacré, quelque chose qui remet les pen-dules à l'heure : le temps où mémère Cadieux vaquait, mince, colérique et d'une éclatante jeunesse, il vient se briser en tremblant sur son lit de mort, il coule à pic dans d'irrejoignables souvenirs, mais, d'une étrange façon, il refuse de passer complètement.

Dans le contraste entre ce que ce corps a été et ce qu'il est devenu, entre les traces de la vigueur et sa défec-tion, Claire elle-même, d'instinct, sent s'ouvrir un tiers temps. Une sorte d'extrême condensation de l'être. Un phénomène pour lequel elle manque encore de mots. Mémère Cadieux existe comme un monument à l'éter-nité, un noyau inaltérable sur lequel s'est posée la nais-sance et sur lequel marchera bientôt la mort. Une âme inchangée, volatile mais dense, déposée dans le véhicule d'un corps en croissance puis en décrépitude. Claire sent l'immortalité se gonfler entre les murs rose pâle, se frayer un chemin à travers l'éclatant éphémère. Une révélation marche sur mémère Cadieux, sur sa teinture et sur son rouge à lèvres, conférant une dimension extraordinaire à la vie, pauvre Chouchoune, tu as l'air toute bouleversée.

Sous l'effet de la morphine, elle cesse soudain de reconnaître qui que ce soit. Claire et Suzanne persistent à lui rendre visite. Elles attendent, impuissantes, que cesse ce visage christique, ce visage lavé avec de la racine d'humain. De plus en plus pur dans ses lignes, de plus en plus proche du squelette sous-jacent. Elles l'ont intensément détestée ; voilà qu'elles donneraient tout pour l'absoudre de ce qu'un corps exige, de cet interminable rampement, de cette titubance du sang. Claire confie à Lucie qu'en sortant de l'hôpital, chaque fois, elle regarde les arbres, surtout la façon dont ils bougent dans la brise. Elle dit, je voudrais la porter jusqu'à la cime pour la faire s'envoler. Elle ne sait plus quoi penser du coiffeur malien. Les arbres, après tout, sont peut-être plus libres que les êtres humains.

Le déclin de mémère Cadieux rend Lucie de plus en plus anxieuse quant à sa propre origine. Pire encore, son amie vient tout juste d'arrêter de croire au père Noël, un personnage pour lequel Aurore n'a jamais eu de sympathie. Tout au plus lui a-t-elle dit que certains de ses cadeaux provenaient de Mrs Pigheights, demeurée, la pauvre, sans enfants.

La récente lucidité de son amie sonne l'alarme chez Lucie ; elle pressent que quelque chose va changer bientôt, une chose à cause de laquelle les contes n'auront plus le pouvoir de la captiver, ni de l'impressionner, ni, surtout, de la rassurer. Elle s'affaire à laisser derrière elle la petite enfance, cette peau désormais trop étroite, usée aux genoux. Mais, pire que le père Noël, c'est sa famille entière, sa famille imaginaire que Lucie craint de perdre. Elle cherche à faire le plein de contes de fées, le plein de ces réponses insuffisantes et désespérément nécessaires. De façon presque compulsive, elle demande et redemande l'histoire de son père.

Ton père, Lucie, est un homme extraordinaire. L'un des faits les plus remarquables à son sujet, c'est qu'on ne peut pas le rencontrer. Tu te demandes pourquoi, bien sûr, et la réponse est simple : ton père vit dans une autre époque que la nôtre. C'est un chevalier du nom de Godefroy de la Pierre-d'Angle qui se promène le plus souvent avec une cotte de maille et une cagoule faite de dentelle d'or blanc. On compte sur les doigts d'une main ceux qui ont vu son visage. J'en fais partie. Il est beau, Lucie, et tu lui ressembles.

Ton père est juste, fort et courageux, et c'est pourquoi il se cache. Le roi Bouillon le Bref, au service duquel il s'est battu pendant des années, a juré d'avoir sa peau le jour où Godefroy a rangé son épée du côté d'un pauvre paysan injustement condamné à la peine de mort pour avoir volé une patate germée pendant un hiver de famine. Godefroy s'est présenté, comme des centaines d'autres personnes, sur le lieu de l'exécution, un matin brumeux, triste et plein de crottes de pigeons. Au moment où le bourreau allait officier, c'est sa propre tête poilue qui a roulé sur la place, comme si un ange justicier l'avait frappé de très haut. La foule a levé les yeux et les bras au ciel ; seul l'espion du roi, un petit homme au nez particulièrement pointu, a su distinguer, de dos et très vite, la cape rouge de ton père et l'éclat de son épée qui disparaissaient dans la brume.

Godefroy a toujours été l'ami des bonnes sorcières

de la campagne environnante et, sur le conseil de l'une d'entre elles, il est allé se cacher dans la maison des temps rompus. On compte sur les doigts d'une main les personnes qui connaissent l'existence de cette maison. J'en fais partie.

C'est une maison dont l'aspect change selon nos besoins. J'y suis entrée une seule fois, à l'âge de dix-huit ans. Je fuyais une bonne sœur du pensionnat des petites sœurs de Saint-Paul-Empalé qui m'avait volé mes espadrilles et que j'avais dénoncée à la direction. Sœur Saint-Moyeu était horrible, brutale, aussi barbue que le bourreau de Godefroy, musclée comme un bœuf, avec un cerveau de grenouille. Elle était marathonienne ; elle parcourait le monde entier pour faire des marathons avec sa robe noire, son chapelet et sa coiffe, et ce n'était pas la première fois qu'elle volait des espadrilles à une élève.

Je courais de toutes mes forces. Beaucoup plus jeune qu'elle, j'étais pourtant à bout de souffle et son chapelet s'approchait dangereusement. Désespérée, je me suis enfoncée dans une ruelle en cul-de-sac. C'était la fin, j'en étais sûre. J'ai mis mes mains sur mon visage, mais quelqu'un les a écartées l'une de l'autre. J'ai ouvert les yeux en tremblant. Devant moi se tenait bien droite une toute petite vieille à l'œil malicieux, avec un tablier de cuisine, une louche et une voix de souris blanche.

« Tu cours.

— Oui.

— Tu as peur pour ta vie ?

— Oui.

— Ta cause est juste ?

— Oui.

— Jure-le.

— Je le jure.

— Si tu cours parce que tu crains pour ta vie et que tu crains pour ta vie pour une juste cause, alors cache-toi dans la maison des temps rompus. »

Elle m'a prise par le coude pour m'entraîner au fond de la ruelle. Avec sa louche, elle a tracé un cercle dans les airs, puis m'a dit de tourner la poignée d'une porte que je ne voyais pas. Elle insistait. Je ne voyais toujours rien. Sa voix de souris murmurait, précipitée, que la méfiance rend aveugle. J'entendais le chapelet s'approcher de la ruelle. Enfin, tout à coup, j'ai vu la porte. Une porte massive faite d'un unique morceau de saule pleureur. J'ai tourné la poignée. La petite vieille m'a poussée à l'intérieur en me tapotant l'omoplate avec sa louche et en répétant : « Efforce-toi d'imaginer. » C'est le meilleur conseil que j'aie jamais reçu.

Je me trouvais dans un corridor obscur. Fatiguée d'avancer à tâtons, j'ai pensé : s'il pouvait au moins y avoir des chandelles. J'ai fermé les yeux et je me suis efforcée d'en imaginer une. Quand je les ai rouverts, une flamme dansait devant moi, éblouissante. Mieux encore, elle parlait. Sa voix était celle d'une fillette, joyeuse et un peu timide. Elle disait : « Je m'appelle Lucie, suis-moi, rien ne sera plus jamais sombre. »

J'ai suivi Lucie dans un dédale de corridors si étroits que j'ai fini par souhaiter une ouverture, un jardin peut-être ou une salle de bal. J'avais à peine formé ce vœu que les murs se sont écartés et que Lucie a disparu sur le fond rose d'un jardin merveilleux, regorgeant de perroquets, de fontaines de grenadine et de fleurs en pâte d'amandes. Mon cœur était rempli d'une joie si intense que j'ai eu peur qu'il déborde et que j'ai souhaité avoir quelqu'un pour la partager. La voix de Lucie a résonné à mon oreille : « Lorsque leurs souhaits sont des jumeaux, les fugitifs peuvent se rencontrer. » J'ai compris alors qu'il y avait quelqu'un d'autre dans la maison des temps rompus qui désirait partager son bonheur.

Il s'agissait bien sûr de Godefroy. Son imagination et la mienne étaient si parentes que j'ai vu tout de suite sa haute silhouette, aux épaules solides, se détachant d'un pommier d'or. Je me trouvais soudain vêtue d'une magnifique robe de soie, serrée à la taille, brodée de perles et cousue d'argent. Godefroy, pour me voir, avait dû m'imaginer à la mode de son époque ; il n'aurait pas réussi à comprendre la vue de mon uniforme de pensionnaire. Nous nous sommes avancés l'un vers l'autre d'un pas très lent pendant que l'espace qui nous séparait continuait à se transformer prodigieusement vite. Il était enfin debout devant moi, sans cagoule ni épée, le regard franc et doux, les mains comme du chocolat chaud.

Lucie virevoltait autour de nous, de plus en plus proche. Le jardin plongeait dans le violet du soir et Godefroy me tenait toujours dans ses bras. Au matin, pourtant, il a soupiré que le devoir l'appelait, qu'il ne pouvait pas laisser seuls les paysans affamés par la cupidité de Bouillon le Bref. Avant de me quitter, il m'a dit qu'il n'oublierait jamais notre rencontre et que son vœu le plus cher était que Lucie m'accompagne pour toujours.

Il a enfilé sa cagoule et tendu la main vers le ciel pour que son épée en descende. Il m'a souri, à la fois triste et heureux, puis s'est dirigé d'un pas fier jusqu'au pommier derrière lequel il a disparu. J'ai alors fait le souhait de quitter la maison des temps rompus. Le jardin s'est replié sur lui-même comme un accordéon et une porte est apparue devant moi. Je l'ai ouverte et me suis retrouvée dans l'un des placards du pensionnat des petites sœurs de Saint-Paul-Empalé, que j'ai reconnu à sa forte odeur de cire à plancher.

J'ai gagné le dortoir à toute vitesse. Sur le coup de midi, je me suis présentée au réfectoire pour manger le potage insipide. Au milieu du repas, sœur Sainte-Minou s'est approchée de moi et j'ai eu peur d'être punie à cause de ma fugue et de la nuit en dehors du pensionnat. À ma grande surprise, elle avait l'air extrêmement soulagée de me voir. Elle m'a demandé où j'avais passé les deux dernières semaines ; la police était à mes trousses et des parents avaient même retiré leur fille de l'établissement à cause de la rumeur de ma disparition. Je ne savais quoi répondre. Le monde ordinaire me semblait pesant, fade et délavé, et sœur Sainte-Minou avait particulièrement mauvaise haleine. La seule chose qui me rendait heureuse, c'était de sentir la présence joyeuse et timide de la petite Lucie à l'intérieur de moi.

Aurore se penche et embrasse le front de sa fille qui regarde fixement devant elle, les sourcils froncés.

« Et sœur Saint-Moyeu ?

— Oh, la pauvre. Elle a eu un infarctus devant l'entrée du couvent et, pendant qu'elle était aux soins intensifs, la mère supérieure a trouvé mes espadrilles dans sa cellule. On ne l'a plus jamais revue. De toute façon, c'était un professeur de grec exécrable, obsédée par Olympe et par Pierre de Coubertin. »

Mémère Cadieux rend enfin l'âme, toute seule dans sa morphine à cinq heures du matin. Suzanne s'occupe de tout, les fleurs, les avis de décès, les pompes funèbres. Elle insiste pour que le maquillage final soit exécuté par l'esthéticienne en question, la persuadant qu'il s'agit d'une visite à domicile comme une autre, en mieux payé. Alambra laisse la maison sans une seule poussière, cette semaine-là ; au moment de partir, elle s'agenouille devant Claire, la regarde intensément en écartant une mèche de cheveux sur son front, sans rien dire. Gérard se retire dans une feinte indifférence, mais demande conseil à Suzanne sur les moindres détails de son habillement funéraire et cire lui-même ses chaussures. Du parvis de l'église, l'apercevant sérieux, le cercueil à l'épaule, Suzanne éprouve un sursaut d'affection pour lui, un relent inattendu du jour de ses noces.

Claire ne comprend pas pourquoi les hosties ne peuvent être remplacées par des chocolats à la menthe. Elle ne comprend pas comment le prêtre peut parler avec autant de ferveur d'une personne qu'il n'a jamais rencontrée. Elle ne comprend pas pourquoi le cercueil est déjà fermé, empêchant mémère Cadieux, si pieuse, d'assister à sa propre messe. Elle ne comprend pas pourquoi Suzanne continue de hocher la tête avec un air dévasté, et il est vrai que nul ne saurait deviner qu'elle pense intensément à sa lune de miel. Elle ne comprend pas pourquoi le cortège funéraire ignore les feux rouges, comme si une seule mort ne suffisait pas. Elle ne comprend pas pourquoi on jette des fleurs sur le cercueil au lieu de les planter par-dessus. Elle ne comprend pas pourquoi on meurt ni d'ailleurs pourquoi on vit, et elle constate que tout le monde semble se tranquilliser au son du mot « condoléances » plutôt que d'afficher un étonnement égal au sien.

L'hiver recouvre de neige le décès de mémère Cadieux. La fin de l'année scolaire approche enfin et Claire sent monter en elle l'angoisse habituelle du camp de vacances. Depuis toujours, lui semble-t-il, elle passe le mois d'août dans un camp de vacances au bord du lac Dupré. La première semaine, Lucie lui manque terriblement et, révoltée contre l'injustice de leur séparation, elle s'applique à détester les sandwichs au jambon, les chasses au trésor, la piste d'hébertisme, le sable noir du lac qui s'immisce dans ses shorts et dans son t-shirt, l'odeur poussiéreuse des couvertures de laine, le fait qu'elles fassent des étincelles d'électricité statique dans le noir du dortoir, les interminables feux de camp pendant lesquels son visage brûle et son dos frissonne. Puis, comme le font les enfants, elle s'adapte, oublie d'être en colère, elle apprend des chansons. Quand elle revient en ville, à la fin du mois, elle est bronzée et elle a grandi.

L'autobus dépose les campeurs dans la cour de l'école publique et Suzanne vient la chercher. Aurore et Lucie lui rendent visite le soir même. Aurore lui dit, vraiment, Claire, on dirait que tu grandis seulement l'été. Lucie la regarde par en dessous, méfiante, la sentant toujours un peu changée, pleine de jeux et de lacs auxquels elle n'a jamais eu accès, sans soupçonner à quel point Claire, en revanche, lui envie ses cahiers remplis d'escapades littéraires.

L'été qui suit le décès de mémère Cadieux s'annonce pourtant radicalement différent. Suzanne, mandatée par Gérard, se retrouve chargée de vendre la maison familiale située au centre du village maritime de Pirogue, à une centaine de kilomètres de la ville. La maison où mémère Cadieux est née et a grandi, en compagnie de ses sept frères et trois sœurs, sous l'égide d'une mère usée par les grossesses et irritable de nature, et d'un père qui, dit-on — mais jamais devant les enfants —, s'est pendu l'année où sa femme expira dans le sang d'une fausse couche. La maison où Gérard a pris soin de ne jamais emmener Suzanne et qu'il se sent absolument incapable de prendre en charge lui-même. Une rapide tournée de coups de téléphone confirme d'ailleurs qu'aucun de ses frères et sœurs ne se porte volontaire. C'est un tas de cailloux, la tapisserie se détache, l'escalier s'écroule, les poutres sont rongées par les fourmis, les vitres sont cassées, des drogués y squattent à longueur d'année, telles sont leurs excuses.

Tout le poids de l'affaire retombe sur Suzanne qui décide de faire contre mauvaise fortune bon cœur. Elle annonce en grande pompe à Claire qu'il n'y aura pas de camp de vacances cet été, mais plutôt un beau voyage au bord de la mer, en hommage à mémère Cadieux. Claire saute sur l'occasion pour forger le rêve d'une glorieuse épopée en compagnie de Lucie et d'Aurore, à bord d'une voiture décapotable ou d'un bateau de plaisance. Elle en parle à Suzanne. Celle-ci décline voiture et yacht, mais l'idée d'être accompagnée la soulage.

Aurore se montre plus difficile à convaincre. Elle n'a pas de congés payés. Elle ne peut se permettre de louer une chambre d'hôtel, ou un appartement, ou même un emplacement de camping en plus de payer son hypothèque. Elle caresse la tignasse de Lucie en s'arrachant des paroles de refus qui lui serrent la gorge. Claire trépigne de colère, Lucie verse une larme.

Personne ne dort, cette nuit-là. Ni Aurore, épuisée par sa situation monoparentale, ni Lucie, qui ne comprend rien au concept d'économie, ni Claire, qui cherche une solution, ni Suzanne, affolée à l'idée d'affronter seule la maison décrépite et les âmes en peine qui la hantent à coup sûr.

Le lendemain, au réveil, Claire affiche pourtant un air vainqueur. C'est dimanche et elle demande à Suzanne de l'emmener sur-le-champ chez Aurore. Elle a un sac en plastique à la main, dont elle refuse de révéler le contenu, mais qu'elle soulève à grand-peine. Elle le pose avec fracas sur la table d'Aurore puis attend, les poings sur les hanches, que tout le monde la regarde. Alors seulement, elle plonge les deux mains dans le sac.

Ce qu'elle en retire les laisse bouche bée : c'est son

vénéré cochon rose, son avenir garanti dont elle a constaté, lors du dernier distrait versement de Gérard, qu'il ne peut plus recevoir une seule pièce de monnaie. Avant que Lucie puisse émettre un cri d'horreur, Claire s'est déjà saisie de la tirelire, elle la tient en tremblant au-dessus de sa tête, puis la lâche.

En se fracassant au sol, le cochon gâche la grasse matinée des locataires d'en dessous. Des pièces de monnaie roulent jusque sous le fauteuil, mais la plupart restent sagement au repos sur le tas de billets froissés. Suzanne, qui s'attendait à la vue consternante de menue monnaie, s'écrie, mon Dieu, Chouchoune, c'est plein de gros sous. Le cri de Lucie s'élève enfin. Seule Aurore reste silencieuse, partagée entre son admiration pour l'héroïque générosité de Claire et sa honte de dépendre ainsi des économies d'une enfant. Elle ne peut pas accepter ; elle ne peut pas refuser. Elle regarde Suzanne regarder Claire avec orgueil. Suzanne a raison d'être fière. Gérard fournit l'argent, mais l'éducation lui revient. On devine qu'elle s'apprête à offrir la différence en plus d'ouvrir le fameux compte bancaire.

Elles partent en autobus, c'est plus simple. Lucie et Aurore campent dans la tente que leur prête le frère de Gérard, Claire et Suzanne sont logées chez sa cousine germaine. Le hasard veut qu'elle s'appelle justement Germaine, ce qui amuse sans fin les filles.

C'est le plus bel été de leur enfance. Suzanne vend la maison en trois jours à un entrepreneur qui compte la démolir et y construire le premier immeuble de bureaux à Pirogue. Rien de tel que cette position centrale, déclare-t-il, à gauche de l'église, en face de l'école. Elles passent tout le reste des vacances au bord de la mer. Aurore se montre particulièrement souriante, elle porte ses colliers de billes plus souvent que d'habitude et, au grand étonnement de Lucie, elle la laisse volontiers partir avec Suzanne en quête de cornets de crème glacée deux boules, sandales en plastique, paréos et même de coke, ça désaltère après tout. Le temps est clément, le vent fort et doux, elles se retrouvent toutes les quatre à l'abri du quotidien, abandonnées de concert à des jours semblables et rieurs qui coulent comme de l'eau, comme un rêve, comme une histoire inventée par Aurore, mais dépourvue de tristesse.

C'est un matin de septembre, peu après le retour de Pirogue, que Suzanne, prise d'un violent pincement au cœur, renverse son café par terre. Au même moment, mais loin de là, Gisèle pose son poignet froid sur une table de Formica. Tout est blanc autour d'elle, un blanc sans promesse ni pureté, tout juste mariné dans de l'impersonnel. Elle ne porte pas de mascara aujourd'hui. Pas de vernis à ongles.

Blanc de motel. Blanc cassé. L'autoroute défile devant elle, une voiture après l'autre, sans rythme régulier. Cet endroit est parfait, parce qu'il n'existe qu'en passant.

Elle prend l'enveloppe et y glisse la lettre. Elle ne se relit pas. L'enveloppe est déjà adressée. Déposée au milieu de la table, elle se confond avec le Formica. Gisèle se déshabille.

Suzanne,

C'est revenu, tu sais, le tunnel. Ça revient toujours et je suis fatiguée. Le temps est long quand on vit dans une mauvaise peau comme la mienne. Les docteurs ne comprennent rien. On dirait qu'ils s'efforcent d'oublier qu'ils ont une vraie personne devant eux. Une personne qui va retourner chez elle et qui va être toute seule à continuer de vivre là-dedans, dans la mauvaise peau.

Pendant le mois d'août, j'ai arrêté de prendre mes médicaments. J'avais confiance, je sentais que j'allais mieux. Je saute toujours sur l'occasion de me croire guérie. Quand j'étais petite, si j'avais une indigestion, je me sentais miraculée après avoir vomi et j'allais sur la balançoire comme si de rien n'était, jusqu'à ce que la nausée me rattrape. J'ai voulu vivre de tout cœur, il faut au moins me laisser ça. Je n'ai rien fait d'autre, toute ma vie, que sauter sur des occasions d'espérer.

Je ne vais pas mieux. Je ne suis pas au pire, mais je le sens qui arrive. C'est comme la silhouette du pire qui s'approche lentement. Je veux en finir. Je n'en peux plus de lutter contre un ennemi qui habite à l'intérieur de moi. Le cheval de Troie, ça suffit, c'est épuisant à la longue. L'ennemi, c'est moi. La guerre, c'est moi aussi. Je suis crevée. Ça fait trop mal, déjà, et je sais ce qui s'en vient. Dans deux semaines, je ne serai plus capable d'enlever ma robe de chambre. Je vais appeler le petit livreur pour qu'il vienne me porter une caisse de bière. À mon plus bas, je vais arrêter de lui donner son pourboire. Ça va durer le temps que ça va durer. Toujours trop longtemps. Je vais regarder par la fenêtre et ça va m'énerver de voir les autres marcher pour aller quelque part. Quelque part ne sera même plus dans mon vocabulaire.

Je n'ai pas peur. On ne sait pas ce qu'il y a après la vie, mais étant déjà en enfer, je considère que je n'ai rien à perdre.

Tu penses sûrement que j'oublie toutes les fois où tu m'as aidée et tu penses sûrement que c'est ingrat de ma part de jeter à la poubelle tous tes efforts depuis qu'on se connaît. Mais j'emporte mes souvenirs avec moi. Une fois tu m'as dit de boire du lait chaud dans ma tasse préférée, une autre fois tu m'as conseillé de relire toute la comtesse de Ségur. Tu m'as prêté de l'argent. Tu n'as jamais oublié ma fête. Et puis tous nos jeudis.

Tu es parfaite, Suzanne, et des fois ça m'énerve. Tu es parfaite au point que tu vas penser que c'est de ta faute si je m'en vais. Ce que je te demande, c'est de rester à l'extérieur, pour une fois, c'est d'être seulement toi. Moi je m'en vais, toi tu restes. Il s'agit de deux vies séparées.

Ce que je te demande, aussi, c'est de ne pas me juger. Ce n'est pas un échec, c'est juste la fin d'une guerre. Il se trouve que pour éliminer l'ennemi, il faut éliminer toutes les troupes et le pays avec. Il se trouve que ça passe par ma disparition. Ne pense qu'à une seule chose : ma libération. Laisse-moi partir. C'est la fin pour cette fois-ci. Il y aura peut-être d'autres fois, plus chanceuses, on ne sait jamais. Libère-moi dans ton cœur. Lâche-moi comme un cerf-volant dont tu aimes les couleurs, mais dont la corde est trop courte. Pardonne-toi, pardonne-moi.

Tu as été ma meilleure amie. C'est important pour moi que tu saches que, pour tous les jours à venir, le monde sera meilleur parce que tu es dedans. Tout ce que tu peux faire pour moi maintenant, c'est de ne pas t'oublier. Si tu es triste, bois du lait chaud dans ta tasse préférée. Et si tu penses à moi, essaie de m'imaginer dans une meilleure peau.

Ça m'a fait du bien de t'écrire, le reste fait tellement mal. Ce que je veux vraiment te dire, j'espère que tu l'entendras bien : merci, Suzanne. Merci.

Ton amie,

Gisèle

Le fait est que Gisèle connaît mal les dosages et tend à sous-estimer son système digestif. Le commis voyageur qui se paye une longue matinée à flâner dans la chambre voisine l'entend gémir à travers les murs de contreplaqué et, sans même attacher la ceinture de sa robe de chambre, s'empresse d'avertir la gérante du motel. Celle-ci, d'abord saisie par la vision de cette bedaine qui éclipse presque entièrement sa virilité, reprend ses esprits tant bien que mal, s'empare de la clef de la chambre numéro 23 et lance ses jambes variqueuses à la conquête des escaliers, de sorte que lorsqu'elle parvient, à bout de souffle, devant la porte de Gisèle, le commis voyageur se demande laquelle des deux vies se trouve le plus en danger.

Dix-sept minutes plus tard, une ambulance emporte Gisèle pendant qu'une unité mobile reste au motel pour réanimer la gérante. La lettre, quant à elle, s'achemine vers Suzanne grâce au commis voyageur qui doit passer en ville le jour même.

Suzanne, dévastée par sa lecture, s'effondre pour la première fois devant témoin et se lance dans une série de cris horrifiés qui couvrent la voix de l'étranger, assis en face d'elle devant son café et ses biscuits secs, lui répétant que Gisèle est vivante, vivante, vivante, en mauvais état, bon, mais vivante, madame Suzanne : vivante. À la fin, découragé, il a recours aux grands moyens ; il se lève, contourne la table et presse le visage de Suzanne dans la rassurante épaisseur de son ventre. Suzanne, à moitié suffoquée, se laisse enfin aller à des sanglots qui, en route vers sa gorge, se chargent de tous les sanglots qui ont pris du retard au cours des quinze dernières années.

Le jeudi suivant, ponctuelle, Gisèle trône toute pâle dans un fauteuil de velours cramoisi. Ce jeudi-là, pour la première fois, elles sautent l'étape des détours mondains, potins guindés, remarques bénignes, craquements discrets de pâte feuilletée. Cette fois, pour la première fois, elles ressemblent à des cailloux polis par la mer. Épurées par le drame de s'être presque perdues, elles se jettent dans le cœur l'une de l'autre comme si leur temps était compté.

Suzanne offre à Gisèle de subventionner une psychothérapie, ce à quoi Gisèle, qui s'y connaît, rétorque que les thérapies subventionnées par un tiers ne peuvent pas fonctionner, à cause du transfert, de l'investissement et autre jargon, sur quoi Suzanne, qui a toujours une solution de rechange, propose à Gisèle d'organiser une rencontre avec le prêtre de sa paroisse, proposition que Gisèle décline par un amer : si je croyais en Dieu, je ne me serais pas tuée.

La solution flotte discrètement derrière l'épaule de Gisèle, mais elles ne sont pas en mesure de la percevoir. Elle s'appellera Nathalie. Elle prendra le chemin du monde grâce aux aléas de la ménopause et annoncera son arrivée prochaine un matin frisquet de printemps, par un soudain dégoût pour le beurre d'arachide.

C'est Claire qui exige d'Aurore des informations supplémentaires au sujet de Juliet Bones. Depuis qu'elle a cessé de croire au père Noël, elle ne supporte plus les phrases cryptiques. Agacée par ce souci de réalisme — tu as toute la vie pour être réaliste, profite donc de ton enfance —, Aurore forge une histoire destinée à aggraver le mystère de Juliet.

Elle commence par décrire son quartier. Londres, constant crachin. Il faut suivre Olive Street, bordée de cafés et de théâtres, jusqu'à Mayer Mews. Passer sous l'arche et s'enhardir dans l'allée tranquille courant le long de maisons identiquement coquettes. Chacune a sa porte rouge et son adresse en relief. Il faut passer devant toutes les portes, de 1 à 16, pour parvenir au jardin privé, cerclé d'une grille de fer forgé, foisonnant de glycines. À travers cette végétation, on ne peut voir le pavillon de Juliet Bones, on le devine seulement. On aperçoit d'ailleurs rarement Juliet Bones elle-même. Claire enrage déjà.

Mayer Mews, encastré comme un diamant entre les théâtres d'Olive Street, les boutiques de Mumble Road, les restaurants de Balton End et la jeunesse chatoyante de Rideau Park Close, jouit d'une situation à la fois calme et centrale, abondamment bijoutée et banalement bourgeoise. Les habitants se connaissent de vue et se saluent courtoisement. Ils savent peu les uns des autres. Ils savent ce que l'on doit savoir à propos de ses voisins, en l'occurrence : ils savent être respectables et flegmatiques, bien-pensants, prévisibles. Le quotidien est exigeant, une foule de menus irritants viennent l'obstruer et un voisinage prévisible est la chose la plus souhaitable qui soit.

Juliet Bones, cette pensée fait sourire Aurore, compense à elle seule la banalité de son environnement. Elle n'envahit pas pour autant le rassurant territoire de Mayer Mews : seul l'excentrique foisonnement de son jardin rappelle la présence d'une excentrique voisine. D'ailleurs, personne ne songe à l'en expulser. Un siècle plus tôt, en effet, les entrepreneurs chargés du développement de Mayer Mews avaient tenté d'en évincer la propriétaire, Jane Bones. Celle-ci, après avoir vainement fait appel aux autorités municipales, eut recours aux dons de télékinésie de sa fille, qu'elle se gardait généralement de rendre publics. Les deux dernières visites des représentants immobiliers furent ainsi ponctuées de lunettes volant en éclats, de thé giclant sur les chemises, de gants claquant les joues de leur propriétaire. Si bien que le Mews fut construit autour du jardin, inaugurant une cohabitation sans histoire.

Aux enfants qui veulent en savoir plus, on raconte volontiers la légende de la clef d'or. Une seule clef au monde, dit-on, absolument impossible à dupliquer, peut ouvrir la grille du jardin. Cette clef est faite d'un alliage précieux d'or et de platine et compte le même nombre de dents que son créateur, un certain John Bones, orfèvre *By Appointment to Her Majesty the Queen* ayant notoirement souffert de caries. Trop de bonbons.

La fameuse clef d'or ouvre la porte du jardin, celle du pavillon situé au centre du jardin, celle d'une trappe située au centre du pavillon, et cette trappe donne sur une crypte au centre de laquelle se trouve un coffre dont John Bones a déclaré qu'il contient le nombril du monde. La clef se transmet de génération en génération, avec le jardin et le pavillon, au dernier-né de la famille, à condition que celui-ci porte les initiales *JB* inscrites sur son revers. Dans l'impossibilité de prévoir lequel sera leur dernier-né, les descendants de John Bones donnent à tous leurs enfants un prénom débutant par la lettre *J*. S'il s'agit d'une fille, celle-ci doit en outre choisir un mari dont le nom de famille commence par *B*.

Est-ce que James Bond fait partie de la famille? demande Claire qui a un faible pour 007, l'unique héros qu'elle partage avec son père. Non, répond Aurore, le nom de famille des habitants du pavillon est toujours resté *Bones*, et ce, malgré maintes alliances, soit parce que le mari en question s'appelait Bones, soit parce qu'il acceptait de prendre le nom de son épouse, soit, enfin, parce que la dernière-née, bravant toutes les conventions, se dotait d'un héritier en s'épargnant le mari, comme c'est le cas de Juliet Bones.

Juliet Bones vit seule avec Jonas et Johann, ses

jumeaux. Plusieurs résidants du Mews l'ont effectivement vue en possession d'une clef d'or de proportions massives. Fille-mère dès l'année qui suivit les Olympiques de Londres, elle n'a jamais dévoilé l'identité du père des enfants. La rumeur court qu'il s'agit d'un athlète médaillé, conférant un halo de gloire à une situation autrement déshonorante.

Ce qui frappe surtout ses voisins, c'est le pas souple et serein avec lequel Juliet traverse les jours. Son visage aimable à la peau de lait désamorce d'emblée toute critique. Ses vêtements de coton blanc brodés de dentelle ou ornés de lacets donnent à toute heure du jour l'impression qu'elle vient d'incarner Ophélie sur une scène d'Olive Street, et on lui pardonne volontiers cette allure insolite. Ses phrases cryptiques rencontrent la même sollicitude : quoi de plus normal, quand on vit au-dessus d'une crypte ?

Ainsi Juliet Bones promène-t-elle avec bonheur son éclatante singularité et ses mignons bâtards par les rues cossues d'un quartier convenable et anglais de surcroît. Que les hommes la désirent ardemment et que les femmes l'envient ne saurait surprendre ; ce qui surprend, cependant, c'est que ni le désir ni l'envie ne dégénèrent en malignité. Juliet Bones va indemne. Elle est belle à voir, un monument vibrant à la liberté d'esprit, un monde en soi, une clef unique. Aurore jubile.

Elle ajoute : parmi les gens qui nous entourent, il y a des personnes dotées d'une fluidité particulière. Les événements de leur vie n'ont souvent rien à voir avec leur capacité de bonheur. Juliet Bones, par exemple, a compris dès sa ménopause que soit Jonas, soit Johann devra périr en vue de la transmission de la clef d'or, et ce, avant son propre décès. La clef d'or, depuis toujours, a su prendre soin d'elle-même en faisant apparaître à brûle-pourpoint les héritiers là où ils manquaient et en faisant disparaître sans bruit ceux qui étaient de trop.

Mais, maman, pourquoi est-ce que l'un des jumeaux doit mourir ? Ma belle. J'aimerais pouvoir t'offrir un monde où les enfants ne meurent pas. Savoir qu'elle verra mourir l'un de ses propres enfants constitue un fardeau insoutenable pour n'importe quelle mère, un virus qui contamine les joies de toute nature, une épée de Damoclès. De qui ? De Damoclès, ma chérie. Juliet Bones demeure radieuse malgré cette horrible perspective, comme les gens doués pour le bonheur reviennent transfigurés des pires épreuves qui soient.

Lorsque Dorothy Downhill, l'une de ses connaissances, lui demande conseil en vue du départ de sa fille pour le Canada, Juliet lui transmet, à sa manière cryptique, le secret de son bonheur, la clef d'or, la vraie, celle qui fait tourner toutes les portes. La regardant droit dans les yeux, elle lui dit : « *Verbs in the present tense are the shelter of poetry, the future its wrecking and the past its wreckage.* »

Claire s'insurge contre l'usage de l'anglais. Aurore lui enjoint de « rêver les mots ». Elle poursuit en disant que Dorothy Downhill elle-même se creuse vainement l'esprit. Elle en rajoute : « *Poetry is the shelter of each and every life, common sense its wrecking, reality its wreckage.* »

Dorothy Downhill, loin de se trouver illuminée par cette révélation, semble sombrer plus à fond dans sa tasse de thé, tout comme Claire et Lucie dans leur jus de carotte.

Dorothy remercie Juliet et la convoque de nouveau à maintes reprises. Elle se sent rassérénée par le visage calme et laiteux, par les chemises de nuit en plein jour et par ces phrases qu'elle ne comprend pas. Elle fait partie de ce cercle nombreux qui convoque Juliet à l'heure du thé pour obtenir d'elle un conseil parfois doublé d'une prémonition. Juliet répond toujours à l'appel, bien qu'elle sache, dans son for intérieur, qu'aucune de ses interlocutrices n'usera de ses conseils. Au mieux, elles l'invitent pour conférer une touche exceptionnelle à leur salon fané d'avance; au pire, elles ressentent le sincère besoin d'une brillance qui manque à leur argenterie et à leurs miroirs poudrés. Se trouver en présence de Juliet, dans un tel cas, représente un soulagement partiel et temporaire, celui d'une sérénité contagieuse qu'il leur faudrait savoir cultiver en elles-mêmes. Mais elles n'ont pas ce courage grâce auquel la brèche d'une souffrance laisse passer la lumière; une fois Juliet rentrée chez elle, ses paroles cryptiques se sont déjà flétries.

Juliet le sait, comme elle sait avoir reçu et transmis à ses jumeaux le don du dernier-né, celui de voir, tout simplement, et de vivre à la hauteur de sa vision. Les voyants sont nécessaires au monde des aveugles, mais ils demeurent seuls en ces mondes. Juliet n'a de semblables que chez ses ancêtres, c'est-à-dire le long d'un temps révolu. N'étant contemporaine que d'elle-même, elle va seule, d'une solitude royale, névralgique par endroits, bien que toujours soutenue par la clarté de n'avoir jamais menti ni à soi, ni aux autres, ni au ciel. Ce n'est pas tant son pas qui est léger que le sol lui-même sous son pas, comme si la réalité de la ville s'ouvrait au passage de sa véritable clef d'or : l'entièreté du présent, son abondance mauve de glycines perchées au-dessus de la grille, le cou tendu entre les barreaux, ses enfants remplis de leurs jeux éternels et ce coffre qui ne cache rien d'autre de bien important, sauf la certitude qu'ici demeure toujours, où que l'on se trouve, le centre du monde.

Il semble parfois à Lucie que les histoires d'Aurore poursuivent passionnément un objectif caché : expliquer qui elle est sans devoir s'exposer. D'une manière ou d'une autre, elles commencent à lui poser problème et Lucie s'interroge de plus en plus sur la nature de la vérité. Elle pourrait demander son avis à Suzanne, mais elle a peur que la définition de la vérité ne lui arrive alors congelée ou repassée, sans la substance nécessaire à qui, comme elle, manque si péniblement d'origine.

Elle se résout donc à questionner Aurore et attend le bon moment, comme le dimanche midi après sa grasse matinée. Elle s'efforce aussi de formuler sa question le plus clairement possible, pour ne pas laisser une trop grande marge de manœuvre à sa mère. Après avoir épié son réveil par la porte entrebâillée, elle murmure : maman ? Maman, comment on sait qu'une chose vraie est vraie ?

Aurore s'étire, la fait monter dans le lit et lui annonce qu'elle va lui répondre par une question. Les bonnes questions méritent une question comme réponse. Lucie l'écoute d'un air résigné. De quelle couleur sont les citrons? demande Aurore. Ben… jaunes, répond Lucie sans enthousiasme. C'est bien ce que je craignais, soupire Aurore, et Lucie ne tire plus rien d'elle pour le reste de la journée.

Le même soir, cependant, quand le soleil couchant tombe sur la table de cuisine, Aurore y place un citron et demande à Lucie de quelle couleur il est. Lucie, avec un zeste d'impatience, répond qu'il est jaune. Aurore se tourne vers Claire, qui a passé l'après-midi chez elles et qui compte rester pour le repas et la mousse au chocolat. Claire répond jaune avec conviction.

Aurore leur livre alors sa théorie de la vérité: le citron que j'ai mis sur la table, en ce moment je le vois rouge. C'est dans votre tête qu'il est jaune. J'en conclus qu'il y a plusieurs vérités. Il y a les vérités que vos yeux perçoivent et il y a les vérités que votre tête construit. Lucie s'insurge: est-ce que tu essaies de me convaincre que tes histoires à dormir debout sont vraies?

Aurore reprend le citron. Sans lever les yeux, elle murmure, non, mais elles sont tout ce que j'ai.

Bord de mer

La lumière, sous le règne d'Adrienne Chantre, ne passait pas sur le flanc des objets : elle en réveillait le cœur battant. Elle remplissait la maison en stimulant dans chaque poussière, dans chaque nœud du bois de chaque meuble massif une radiation qui contredisait leur opacité. Ce qu'on pouvait dire avec certitude, c'est que tout y était de connivence avec le secret du monde.

Nous rêvons tous ce rêve d'une vie où les clefs d'or tournent aisément. Tant d'efforts mis dans nos jours, tant d'illusions d'optique, d'eaux de vaisselle et tant d'attente en manque d'objet. Nous souffrons tous de l'empreinte des corps, de leur peau serrée, de la limite des forces et de leur lente usure. À cause de ce que nous voyons, savons, rêvons, nous cherchons un chemin plus facile. Déjà dégagé. À notre portée, à chaque instant, se trouve un raccourci. Un dogme, une certitude amène et plus ou moins coûteuse. C'est aveugles et sourds que nous l'empruntons, mais jamais sans la vague intuition qu'au bout il y aura à la fois : soulagement de l'oubli et monde sans poème.

Je crois que c'est la raison pour laquelle j'ai acheté cette maison folle, cette maison de ma folie : le jardin s'employait, têtu, vaillant, à recueillir de la vraie joie dans chacun de ses atomes. Pas de raccourci. Pas de dogme. Rien que de la vérité. En soi, le jardin n'avait pas d'importance. Ce qui importait, c'était le fait que tout m'apparaisse soudainement comme à un aveugle auquel la vue serait brusquement rendue. C'était le seul lieu dans lequel envisager de me perdre suffisamment pour pouvoir me revenir.

Nous sommes à chaque instant lumière dans la lumière, espace dans l'espace. Il n'y a pas de doute à avoir. Il n'y a pas de temps à perdre. Il n'y a pas de temps du tout.

Troisième cahier
L'âge ingrat

Les garçons s'intéressent à elles et elles, aux garçons, mais l'intérêt n'est pas de la même nature. Ils ont le diable au corps, elles ont l'âme en fleur. Au téléphone, par jeu, elles se font souvent passer l'une pour l'autre. C'est la version adolescente du miyouyoumi. Une fois, Lucie se rend même à un rendez-vous à la place de Claire qui a mal au ventre. Pour l'occasion, elles se persuadent que cinq minutes de retard est le comble de l'élégance. C'est une habitude qui exaspère tout le monde, mais qui les fait se ressembler davantage et qu'elles cultivent diligemment.

Un jour, Lucie tombe vraiment amoureuse. Il s'appelle Gonzo. Par d'interminables conversations, à cause desquelles Suzanne finit par faire installer une deuxième ligne de téléphone, elles tentent d'établir la valeur de Gonzo, son degré d'affinité avec Lucie, son degré d'intérêt pour elle, la pertinence de son usage du gel pour les cheveux, la gravité de son acné.

Gonzo ignore tout de cette soudaine passion et Lucie prend d'ailleurs soin de simuler le dédain à son égard, lui tournant le dos dès qu'il la regarde. Est-ce que tu m'as vue rougir cet après-midi quand il m'a adressé la parole, demande-t-elle à Claire qui l'a vue devenir d'un cramoisi tirant sur le mauve, mais qui la rassure en lui disant qu'elle a plutôt pâli, non, insiste Lucie, parce que c'est mon obsession, la peur de rougir, tu comprends avec ma peau de rousse, ce à quoi Claire répond qu'elle souffrirait autant en blonde.

L'histoire connaît un dénouement heureux le soir d'une fête où Lucie s'enfile une demi-bouteille de martini blanc à jeun, ce qui lui donne le courage d'embrasser Gonzo sur la bouche juste avant de s'endormir sur un divan. Pendant tout le mois qui suit, ils vont main dans la main, Gonzo espérant toujours qu'il pourra convaincre Lucie d'« aller plus loin », tandis que Lucie se sent parfaitement comblée par cette main dans la sienne et par des fantasmes de romance, de famille et de voyages dans le Sud. Claire, un peu mise de côté, se rabat sur le privilège d'être aux premières loges pour les détails croustillants, transmis par téléphone, tous les soirs après dix-neuf heures.

L'histoire connaît cependant un dénouement malheureux lorsque Gonzo se lasse d'attendre que Lucie consente à aller plus loin et place ses espoirs dans la personne de Solange, une brunette échancrée que Claire et Lucie foudroient du regard tout le reste de l'année scolaire, se réconciliant néanmoins avec elle lorsque Gonzo, déçu de nouveau et nul en fait de stratégie, décide de placer ses espoirs dans la personne de Claire, qui l'envoie promener, non sans lui conseiller de changer de coiffeur et de faire soigner ses boutons.

Lucie se sent à la fois amère et nostalgique lorsqu'elle repense aux histoires d'Aurore. Elle met un point d'honneur à ne jamais y faire allusion. C'est Claire qui, par jeu, mentionne souvent le mystère de Jonas et Johann, les jumeaux de Juliet Bones. L'épée de Damoclès demeure suspendue à jamais au-dessus de leur tête et Claire le tolère mal. D'une certaine façon, il lui semble que seule la conclusion de l'histoire permettra de reconduire leur enfance à son point final. Sur un ton blagueur, elle s'en confesse à Aurore, qui décide de lui offrir un dernier conte le jour de ses quinze ans.

Ce jour-là, Aurore prépare une tarte à la rhubarbe. Au suspense qu'elle laisse rôder sur la distribution des parts, Lucie comprend que sa mère est en veine de fiction. Elle prend place à table avec un air agacé. Seule Aurore connaît le poids véritable de cette rencontre : c'est la dernière, tout simplement. Elle leur laisse cette histoire en héritage dans l'espoir qu'elle leur sera utile, quoi que l'avenir proche ou lointain leur réserve.

Je veux vous parler du destin des jumeaux de Juliet tel qu'a su le comprendre l'amiral Maurice Drake Anderson, un homme de valeur dont le métier consiste à patrouiller, patriote, les relents d'algues de l'Empire britannique. Dans un recoin caché de son être, en vérité, il sert une autre souveraine, une reine exigeante et cruelle, au charme inégalé : la mer. Cette fidélité aux insondables profondeurs fait de lui un témoin idéal du destin de Jonas et Johann, que d'autres, dans les mêmes circonstances, n'auraient pas su déchiffrer.

Il rencontre Juliet Bones pour la première fois

dans le salon de Mrs Blot, l'épouse d'un officier de marine sans grande carrière à son actif, bien que taillé sur mesure pour la vie militaire, c'est-à-dire tristement dépourvu d'opinion personnelle. Pendant que les hommes fument le cigare et discutent de politique internationale dans le bureau, les femmes y sont rassemblées. Elles attendent, fébriles, l'arrivée de Juliet Bones dont Dorothy Downhill a chaudement recommandé les lectures cryptiques. Elles ne tiennent plus en place, ayant déjà vidé leur tasse de thé, impatientes qu'une signification soit conférée aux grenailles obscures qu'elles ont pris soin de ne pas avaler. L'une d'entre elles, Mrs Freight, sent qu'une petite feuille est restée collée sur sa lèvre supérieure et elle se demande anxieusement si elle doit ou non la remettre dans la tasse au risque de modifier sa propre destinée.

On sonne enfin à la porte. Dans son souvenir des faits, l'amiral Maurice Drake Anderson repense toujours à cette sonnerie particulièrement mélodieuse comme à un signe avant-coureur de la nature de leur rencontre. Un valet introduit Juliet Bones, qu'il entrevoit par la porte ouverte du bureau. Il en oublie immédiatement le débat sur les colonies africaines auquel, une seconde plus tôt, il contribuait passionnément. Juliet, la quarantaine avancée, arbore un mélange de douceur et d'énergie vitale qui lui rappelle les côtes australiennes. Il décide brusquement, malgré les convenances, de se joindre au groupe des épouses et, faisant irruption dans le salon, il s'empresse d'avaler une tasse de thé tiède.

Juliet pressent en lui un interlocuteur averti. Elle

lui consacre sa première lecture, qu'il n'oubliera jamais :
« *Your journey always ends where and when it is ready to start.* » Il comprend qu'au fond de la tasse elle a su voir le petit garçon décevant systématiquement son père au jeu de cricket, le jeune homme secrètement désireux de devenir peintre, l'homme mûr battant tous les flots du globe, son cœur prisonnier de la peur et de l'espoir de se perdre en chemin. L'amiral Maurice Drake Anderson soupire profondément. Juliet ajoute : « *No worries. Your journey will start when and where it reaches its end.* »

La horde déchaînée de bourgeoises ne lui concède pas une minute de plus. Il retourne dans le bureau, où la fumée de cigare est si dense qu'il ne reconnaît plus personne. Au cours des semaines suivantes, il se renseigne discrètement au sujet de Juliet. Il apprend bientôt tout ce qu'on sait d'elle. Il n'ose pas lui rendre visite, mais, contrairement à ses propres principes, il l'observe de loin. Il va même jusqu'à espionner les jumeaux dans la cour de leur école. Contempler leurs jeux pendant la récréation le remplit d'une tendresse qu'il ne se connaissait pas. Deux ou trois fois, il distingue même à contrecœur, au-dessus de leur tête, la silhouette lugubre de l'épée de Damoclès.

Son devoir le pousse cependant vers les îles Malouines. Malgré ses instruments de navigation, il se sent complètement déboussolé et met plusieurs jours à rétablir un semblant de crédibilité auprès de son équipage. Conformément à la lecture de Juliet, il referme le voyage intérieur qu'elle a rendu possible pour s'en remettre à sa trajectoire familière d'une colonie à l'autre. Six années passeront avant que son destin ne croise de nouveau celui de la famille Bones.

Six années passent. Il est à la retraite. Une nouvelle forme de vide le remplit et, souvent, quand il quitte son lit le matin, il lui semble que sa chambre tangue. Lui qui n'a jamais souffert du mal de mer, voici que l'absence de vagues lui fait perdre l'équilibre. Pour se remettre de ce malaise, il prend l'habitude de faire une interminable promenade le long de la Tamise. Il marche tout le matin, traverse parfois un pont. Il fait à l'occasion une incursion dans St Jame's Park, s'attardant près du lac en prenant de grandes bouffées d'air. Dès qu'il se trouve en présence de l'eau, il se sent beaucoup mieux. Il pense souvent à l'oracle de Juliet Bones et espère qu'un véritable voyage commencera enfin pour lui, maintenant qu'il a cessé de voyager.

C'est lors de l'une de ces promenades, un matin particulièrement pluvieux, que son vœu s'exauce. Il traverse Lambeth Bridge, dont la réfection récente, aux couleurs de la Chambre des Lords, le remplit d'admiration. Comme à son habitude, il scrute le cours de la Tamise, s'amusant à imaginer dans ses reflets la personne d'Oliver Cromwell, qui y coula un jour lamentablement, en route vers ses fonctions parlementaires, en compagnie des autres passagers du traversier, de leurs chevaux et de leur carrosse. Cette image le fait sourire intérieurement. Il ressent de la fierté pour le pont construit entre-temps, libérant la population d'un radeau dont le naufrage était la norme. Quelle ville civilisée.

Il scrute les reflets de la Tamise brouillée par la pluie, croit voir le nez d'Oliver Cromwell et sursaute : une bouteille ! Une bouteille jetée à la mer ! L'amiral Maurice Drake Anderson, pressentant que la bouteille s'adresse à lui, ne fait ni une ni deux. Il alerte la brigade des pompiers dont le poste se trouve à proximité et, le commandement des troupes étant sa seconde nature, il supervise le sauvetage de la bouteille. Lorsqu'il l'a enfin entre ses mains, il la sent vibrer comme un bébé en attente de berceuses.

Une fois chez lui, il la nettoie et se rend à l'évidence : il lui faudra la briser pour accéder au message qu'elle enferme. Il la brise en effet d'un coup sec sur le bord de la table. Il tient maintenant un rouleau de papier qu'il manipule avec le plus grand soin. Il tremble. Il déchiffre la calligraphie pointue, élégante mais sans ostentation.

Je m'appelle Jonas. Je suis né à Londres en 1909, de mère aimante et de père inconnu. J'ai un frère jumeau, Johann, duquel la mort devra bientôt me séparer. Je désire confier notre histoire à la mer, pour ne pas le perdre tout à fait. Que cette missive l'accompagne, quel que soit son destin.

Nous avons connu une femme du nom de Rebecca. Je ne décrirai pas Rebecca. Aux propos qui suivent, on comprendra que sa beauté fut terrifiante, son intelligence féroce, son charme impitoyable. On comprendra que Johann et moi ne pouvions lui survivre sans subir une profonde altération.

Nous étions amoureux fous. Nous l'embrassions sur la bouche. Elle ne s'aperçut jamais que nous étions deux. Cette situation ne pouvait durer et nous le savions. Le péril devenait imminent. Nous nous battions pour empêcher l'autre de se rendre auprès d'elle. Nous nous espionnions continuellement. Nous nous mentions.

Il y a trois jours, Rebecca s'est noyée dans la Tamise. J'aime croire qu'il s'agit d'un accident. J'aime croire que Rebecca n'a jamais su que nous nous étions joués d'elle. Malgré tout, j'accuse Johann qui m'accuse à son tour. Nous ne nous parlons plus que pour nous accuser.

Le duel aura lieu demain, à l'aube. S'il meurt, qu'il me pardonne. Si je meurs, qu'il me pardonne.

Jonas Bones

Cette missive échouée sur la table de cuisine de l'amiral Maurice Drake Anderson constitue déjà en soi un fait admirable. Cependant, il ne s'agit là que de la moitié d'une histoire dont il appelle de tout son cœur la partie manquante. Il songe à ces messagers grecs, munis d'un disque brisé et chargés de confier leur message à qui possède l'autre moitié. Il a toujours été fasciné par le fait qu'ils puissent se reconnaître grâce à un objet brisé et, lorsqu'il imagine leur rencontre, la réparation du disque le soulage davantage encore que la délivrance du message. Le cœur de l'amiral Maurice Drake Anderson se remplit de tristesse à l'idée que ces hommes identiques, Johann et Jonas, tel un disque à jamais brisé, se trouvent désormais confinés dans des territoires si éloignés, la vie d'un côté, la mort de l'autre.

La missive ne porte aucune date et, pour quelques heures encore, l'amiral Maurice Drake Anderson entretient l'espoir d'assister aux funérailles de Rebecca. Il s'adresse de nouveau à la brigade des pompiers. Ceux-ci, tout en demeurant polis, s'alarment en le voyant revenir, ayant été vertement semoncés par leur chef pour avoir consacré une équipe entière au sauvetage de la bouteille. Mais l'amiral Maurice Drake Anderson cherche simplement à s'enquérir du cadavre de Rebecca. Les pompiers le renvoient à la police qui le renvoie à la garde côtière bien qu'il n'y ait aucune côte en vue. L'amiral Maurice Drake Anderson se rabat sur le kiosque à journaux, où on lui confirme la parution d'un entrefilet sur le repêchage du corps d'une jeune femme il y a trois semaines, au pied même de Lambeth Bridge. L'amiral Maurice Drake Anderson se sent à la fois déçu et troublé. Déçu de son propre retard sur les événements, troublé par le fait qu'au lieu de l'image virtuelle d'Oliver Cromwell il aurait pu, ce matin-là, voir flotter feue Rebecca.

L'amiral Maurice Drake Anderson est alors tenté d'aller au pavillon de Mayer Mews afin de remettre la missive au survivant du duel. Il s'y rend à plusieurs reprises, discrètement, son chapeau lui cachant la moitié du visage. De toute évidence, ni Johann ni Jonas n'habite le pavillon que même les glycines semblent avoir déserté. Seule Juliet Bones se laisse parfois entrevoir, spectaculairement digne dans le halo du deuil qui ne la quittera plus. L'amiral Maurice Drake Anderson n'ose pas l'aborder. Il l'observe de très loin, sentant qu'elle a glissé dans une marge connue d'elle seule, un détroit situé entre le pays de la vie et le pays de la mort.

Dix années passent. L'amiral Maurice Drake Anderson se trouve à Paris où un célèbre médecin traite sa goutte. L'efficacité des traitements se révèle telle qu'il peut se permettre de faire une promenade le long de la Seine et de s'aventurer, pourquoi pas, jusqu'au Musée de la marine qui vient de rouvrir ses portes dans l'aile Passy du palais de Chaillot.

Il visite le musée avec un intérêt teinté de nostalgie. Son orteil vient tout juste de recommencer à le faire souffrir lorsqu'il pénètre dans la section consacrée aux « biographies de la mer ». Il reste paralysé par le choc. Il a vu la bouteille. C'est elle, sans l'ombre d'un doute. Elle l'appelle. Il la sent qui vibre, qui pleure comme un enfant sans sommeil. Il doit respirer profondément à plusieurs reprises avant d'arriver à s'en approcher. Le goulot a été recollé sur le corps de la bouteille et la missive est épinglée à ses côtés. Une élégante calligraphie, raffinée, mais sans ostentation. Certains passages demeurent illisibles, sans doute parce que l'eau s'y est infiltrée. C'est sans importance. L'amiral Maurice Drake Anderson en connaît le texte par cœur.

Je m'appelle Johann. Je suis né à Londres en 1909, de mère aimante et de père inconnu. J'ai un frère jumeau, Jonas, duquel la mort devra bientôt me séparer. Je désire confier notre histoire à la mer, pour ne pas le perdre tout à fait. Que cette missive l'accompagne, quel que soit son des-

tin… etc. Nous l'embrassions sur la bouche… etc. S'il meurt, qu'il me pardonne. Si je meurs… etc.

Une fiche indique que la bouteille a été trouvée dans la Seine, tout près du Pont-Neuf. La logique et l'expérience tenaillent l'amiral Maurice Drake Anderson : il est impossible qu'elle ait traversé la Manche d'elle-même et remonté le courant jusqu'au Pont-Neuf. Mais nous n'en sommes pas à une impossibilité près, pense-t-il aussi.

L'amiral Maurice Drake Anderson en oublie sa goutte et arpente vigoureusement la Ville lumière pendant toute la semaine suivante. Marcher l'aide à penser. Il décide enfin de ne pas chercher à savoir lequel des deux jumeaux a survécu au duel et hérité de la clef d'or. Le fait qu'ils aient choisi les mêmes mots pour se dire adieu ; le fait qu'ils se soient tous les deux confiés aux caprices des flots ; le fait que le destin les réunisse ici même, dans son propre cœur et dans son propre esprit, lui fournissant le plus beau des voyages, celui qui consiste à accueillir, immobile, le disque brisé d'un lien fraternel ; tout cela appelle à conclure que les jumeaux demeurent vivants, d'une certaine façon. Qu'ils restent ensemble, quoi qu'il en soit, d'une manière plus élevée encore après avoir été séparés l'un de l'autre, avoir cessé d'être parfaitement identiques. Après tout, qu'importe l'identité de l'auteur d'une lettre quand on sait qu'il existe une autre personne en mesure d'écrire exactement la même ?

C'est à l'occasion de l'anniversaire des quinze ans de Lucie, cinq jours plus tard, qu'Aurore lui annonce sa décision de partir. Où ça? demande Lucie. Très loin, répond Aurore. Une île, ajoute-t-elle.

« Pourquoi?

— C'est une longue histoire.

— Et moi?

— Toi, tu as quinze ans.

— Et alors?

— J'attendais que tu aies quinze ans.

— Et depuis quand tu attends?

— Je te l'ai dit, c'est une longue histoire.

— Dis-moi depuis quand.

— Quatre ans. Exactement.

— C'est à cause de moi, alors.

— Non, c'est une cause en dehors de toi.

— C'est à cause de moi, tu ne me voulais pas.

— Je t'ai voulue de tout mon cœur.

— Tu l'as regretté.

— Non, je ne peux pas imaginer un meilleur usage de mon cœur.

— Mais maintenant, tu ne me veux plus?

— Je te voudrai toujours, mais j'ai besoin de partir.

— Est-ce que tu reviendras?

— Non, je ne crois pas.

— Est-ce que tu m'écriras?

— Écoute, Lucie, écoute-moi bien : quand on tient un bébé dans ses bras, le jour de sa naissance, la minute de sa naissance, écoute-moi, ce jour-là, cette minute-là on tombe dans un puits sans fond et on n'en revient plus. On est condamné à aimer jour et nuit chaque battement de son cœur, on est condamné à se faire du souci sans arrêt, à souhaiter des choses impossibles, comme d'apprendre à marcher à sa place, comme d'attraper ses rhumes, sa varicelle, ses piqûres d'insectes, comme de percer ses dents, d'avoir ses peines d'amour et ses examens de fin d'année, mais c'est impossible. On imagine les mille façons qu'il aurait de se blesser. On a peur qu'il meure. On a peur de ne pas pouvoir lui survivre. On le protège de toutes ses forces et pourtant on ne s'est jamais senti aussi vulnérable. »

Silence.

« Lucie, moi j'ai passé toute ta vie à essayer d'accepter de te laisser aller. Maintenant je te demande la même chose. Laisse-moi aller, ma belle, même si c'est loin. »

Lucie se lève et sort en claquant la porte.

La nuit qui précéda ses premières règles, Aurore fit ce rêve étrange : Mrs Pigheights, son professeur d'anglais, montait au ciel en compagnie d'une colombe, poussant les stridents « ha ! » et « ho ! » si caractéristiques d'elle et de son enseignement. Elle en revenait sans la colombe, mais munie d'un billet tout serré dans son poing. Une fois atterrie, elle desserrait le poing. Le billet dépliait ses ailes, voletant autour d'Aurore et lui répétant à l'oreille : « *Mother's daughters become daughter's mothers, and you will lose only what you can't let go of.* »

L'après-midi même, Mrs Pigheights lui dit : « *I dreamt of you, darling. You were looking at the sky and moving your hand as if to catch a fly, or a butterfly, or, for that matter, a flyer.* »

Ce rêve visite l'esprit d'Aurore lorsqu'elle se retrouve à la proue brumeuse du traversier qui pointe vers l'aube. L'aube d'une île pareille à nulle autre, a promis Maria.

Aurore s'est levée tôt. Le bateau tangue, mais pas trop, juste assez pour ralentir ce pas qu'elle a fier pendant qu'elle chemine jusqu'au pont, empruntant des échelles métalliques au bruit sourd de revenants, traversant des salons tous semblables, endormis. Elle ne rencontre presque personne. Ceux qu'elle rencontre marchent seuls, le plus souvent ils ont un verre à la main ou une bouteille d'eau minérale ; ils arrivent du bar et retournent à leur siège. Personne ne cherche la sortie qu'elle désire tant trouver, dès maintenant, si tôt, avant l'aube. La voilà.

La voilà. Elle s'avance sur le pont. Le vent lui siffle aux oreilles. Le plancher de la mer défile vaste, poli, noir, froid. Il cognerait dur si elle s'y jetait. Aurore a toujours la tentation de se jeter à l'eau. Une sorte de vertige, une image obsessive de ce saut absurde que personne ne viendrait réparer.

Elle ignore tout de ses origines, sauf le prénom de ses parents, Kathleen et Jean, inscrit sur le baptistaire produit par les bonnes sœurs alors qu'elle avait déjà trois ans, lorsqu'elles l'avaient charitablement prise en charge. Elle ignore pourquoi elle rêve toujours en anglais. Elle ignore même qui est le père de Lucie. Elle se souvient d'une silhouette noire dans la nuit noire, elle se souvient d'avoir trop bu. Elle se souvient de l'herbe humide sous ses omoplates, d'une bouche humide sur son visage, elle se souvient d'avoir voulu crier, de ne pas l'avoir fait, elle se souvient d'avoir couru, ensuite, à perdre haleine, jusqu'au fond d'une ruelle sans issue. Lucie persistera à croire qu'Aurore lui a caché quelque chose, bien qu'Aurore ne lui ait rien caché d'autre que l'étendue de son ignorance.

Dans la proue de l'aube, sous un voile laiteux, l'île se découpe rose, pêche et saumon, trouble et mouvante. L'avancée tarde sur une telle étendue, mais les parfums la frappent au visage. Inédits, foncés, ronds, effilés, ils dansent autour de son nez gelé, comme les baguettes des fées, comme des promesses sans fond, comme des souvenirs sans image, comme une famille antique.

Ce bateau est le produit d'un geste fou, décidé brusquement devant une lettre d'amour, un geste à regretter quelque part dans l'avenir. Plus tard. Un jour elle aura honte et sa honte l'empêchera de retrouver Lucie. Mais pour l'instant, l'aube, en esquissant l'île et en faisant lever les parfums comme un chien des faisans, lui donne la brusque certitude de se trouver là où elle doit être, dans une folie qui lui appartient, sa folie à porter en avant coûte que coûte, brisant une vie pour renouer avec une autre. C'est alors qu'elle repense à son rêve, et la phrase résonne avec clarté dans la roseur du jour neuf : *You will lose only what you can't let go of.*

Aurore regarde s'approcher l'île et, pour la première fois depuis des années, depuis toujours peut-être, elle ressent quelque chose qui s'apparente à la paix. Elle navigue entre terre et eau, entre nuit et jour, entre le temps de sa vie et le temps révolu de vies autres dont elle ne sait rien : elle est entre, c'est-à-dire nulle part, et c'est là que vient se déposer la paix, sur le plancher noir de la mer, celui qui cognerait dur si elle s'y jetait ; dans le désormais-pas-encore qui ressemble surtout, peut-être, à ces mois aquatiques qui précèdent notre naissance, les mois brefs de nos infinis potentiels, de notre perfection.

Tout cela fera mal, mais plus tard seulement. Parfois les séparations ont lieu ainsi : très mal, mais plus tard.

Le soir du départ d'Aurore, Lucie se présente chez Claire avec sa brosse à dents. Sans mot dire, Suzanne lui prépare un lit dans la chambre d'amis au lieu de gonfler l'habituel matelas de piscine. Le lendemain, sans mot dire, Lucie se présente avec un sac en plastique contenant assez de sous-vêtements pour toute la semaine. Un par un, elle déménage tous ses effets personnels et finit par manger matin et soir les plats de Suzanne, essuyer la vaisselle avec Claire, sortir les poubelles et couvrir le bureau de la chambre d'amis des feuilles fripées de ses devoirs.

Toute l'année qui suit, Lucie écrit frénétiquement. Elle invente des centaines de personnages qu'elle laisse tomber en chute libre dans le vide inexplicable creusé par Aurore.

Lorsque le professeur de français demande à ses élèves la description, en deux pages maximum, d'un repas de famille, Claire s'arrache à grand-peine un seul paragraphe, après y avoir passé une nuit complètement blanche. Son texte s'intitule « Les repas du soir quand mon père arrive à l'heure », et il reprend telle quelle l'éternelle discussion entre Suzanne et son mari à propos de la télécommande du téléviseur. Le paragraphe compte quatre occurrences du mot « télécommande », cinq du mot « téléviseur ».

Lucie, la voyant dans tous ses états, lui offre de bon cœur la saga qu'elle a rédigée un dimanche matin du mois dernier, quitte à écrire quelque chose d'autre pendant l'heure du lunch. Claire ne répond pas, elle avale ses céréales de travers et renverse son jus d'orange sur sa composition, le tout sous l'œil consterné de Suzanne qui prépare son café en faisant semblant de rien. Elle part en laissant son devoir sur la table. Suzanne pousse le désespoir à son comble lorsqu'elle la poursuit dans la rue en robe de chambre, agitant la page toute collante et s'époumonant à crier Chouchoune, Chouchoune, ta dissertation.

À l'heure du lunch, Lucie transforme comme par magie son ridicule paragraphe en une page décente qu'elle intitule « Les pois verts préfèrent les téléromans », non sans être interrompue trois fois par Solange, chaque jour plus échancrée, qui lui demande la même faveur en échange d'une caisse de bière pour leur prochaine sortie.

La semaine suivante, le professeur de français rend

les devoirs corrigés. Il n'est pas dupe de l'opération. Le style de Lucie est reconnaissable entre tous. Devant la classe, il annonce que les trois meilleurs textes ont obtenu les trois notes les plus basses et invite Lucie, Claire et Solange à s'avancer. Lucie, cramoisie, éprouve une honte semblable à celle que lui procurait la diffusion de ses poèmes d'enfance dans tout le voisinage. L'écriture, à partir de ce jour, lui devient une activité clandestine. Un exercice nocturne, de plus en plus titubant, de moins en moins facile.

C'est le début de juin, il fait soleil et elles peuvent enfin porter la jupe mauve qu'elles ont achetée en avril. Devant son prix exorbitant, Claire avait fait remarquer à Lucie qu'elles devraient partager leur garde-robe, ce sur quoi Lucie avait répondu que ce ne serait possible qu'à la condition de porter la même taille, ce sur quoi Claire s'était offensée et l'avait sommée de dire ce qu'elle entendait par là exactement, ce sur quoi Lucie, qui a toujours craint les sautes d'humeur de Claire, avait répondu qu'elle voulait dire par là qu'elle avait décidé de perdre du poids, parce que vraiment ces fesses, elle ne pouvait plus supporter de vivre avec, ce sur quoi Claire, amadouée, l'avait assurée qu'elle avait le derrière du siècle. Elles descendent la rue Bellefaille bras dessus bras dessous. C'est Lucie qui porte la jupe.

Coco est mort l'année dernière et Annette, sa serveuse sexy, a repris les affaires, non sans assaillir les clients de sanglots impromptus ni sans ériger un autel à sa mémoire, avec une photo de lui juste avant sa cirrhose, qui fume assis sur une marche de ciment devant la porte jaune, jaune lui-même puisqu'il était blanc. Annette a même conservé le nom original du café, du moins administrativement parlant, c'est tellement plus simple, sauf que la façade se lit désormais *Chez Feu Coco* en caractères ornés de flammes dont la pointe se transforme en bustes de femmes ailées.

Elles connaissent la rue par cœur et remarquent toujours le moindre changement de vitrine ou de couleur de porte. C'est pourquoi leur surprise est immense lorsqu'elles distinguent pour la toute première fois un passage entre Samba-Sam et la boulangerie des sœurs Zoulof : une allée sombre au bout de laquelle une chandelle vacille dans un lampion d'église.

Claire lâche le bras de Lucie. Sans avoir besoin de se consulter, elles s'engagent dans la ruelle. L'espace est trop étroit pour qu'elles puissent y passer côte à côte. Rarement, dans l'histoire de leur amitié, un passage sera-t-il trop étroit pour qu'elles ne puissent s'y engager côte à côte. Claire marche devant. Elle s'arrête brusquement et se retourne. Une voyante, Lucie, on ne peut pas laisser passer ça. Non, Claire, on va payer une fortune pour se faire dire des stupidités, laisse tomber. Claire insiste, Lucie résiste. Mais avant qu'elles n'arrivent à une conclusion, avant même qu'elles n'arrivent au moment périlleux où, typiquement, Lucie accuse Claire d'être trop riche et Claire accuse Lucie d'être peureuse, la porte s'ouvre.

Une femme dans la soixantaine, ses cheveux d'un noir de jais érigés en une toque monumentale, pose un regard avenant sur chacune d'entre elles puis, s'arrêtant sur Lucie, elle lui dit lentement, simplement : « C'est gratuit. » Comme frappée par la foudre, Lucie s'empare violemment du poignet de Claire et le serre jusqu'à y marquer son empreinte. La vieille dame a un sourire aimable, presque triste ; elle recule dans l'ombre pour leur permettre d'entrer. Lucie pousse Claire vers la porte, pour qu'elle passe la première.

L'intérieur consiste en une seule pièce carrée, de dimensions et d'éclairage médiocres, pour ne pas dire nuls. Le sol est recouvert d'un tapis persan. Des coussins, petits et grands, y sont disséminés, et c'est d'eux que semblent émaner le peu de lumière et l'odeur de patchouli. La dame leur fait signe de se choisir des coussins et de s'asseoir à leur guise. Claire s'arrange un trône de velours bleu ; Lucie, très attirée par un coussin sur lequel est brodée une migration d'oies sauvages, reste paralysée et tortille ses mains. Claire observe comment la gauche triture la droite, soulagée que son propre avant-bras en soit suffisamment éloigné. La dame se penche, prend le coussin au vol d'oiseaux et le tend à Lucie. Celle-ci avale péniblement. La dame demande d'une voix neutre :

« Que désirez-vous savoir ? »

Claire ne cache ni sa surprise ni sa déception :

« Comment ! Vous n'avez pas de cartes ou de boule de cristal, de pendule, rien ?

— Non. Je n'ai que moi.

— Bon. Et est-ce que vous, en tant que seulement vous, savez déjà ce que je vais vous demander ?

— En gros, oui.

— Alors, pourquoi perdre du temps ?

— Et qu'est-ce que le temps ?

— Oh. »

Claire se tortille sur son trône. La dame se tourne vers Lucie.

« Tu voudrais comprendre le passé. »

Lucie baisse la tête.

La dame se tourne vers Claire.

« Et tu t'inquiètes pour l'avenir. »

Claire sourit.

« Je n'ai qu'une seule réponse à vos deux questions. »

Elles attendent.

« Il y aura une enfant pour le temps nécessaire. En sa présence — elle touche le genou de Lucie —, tu répareras le passé. En sa présence — elle touche le genou de Claire —, tu renonceras à l'avenir. En son absence — elle touche leurs deux genoux —, vous reprendrez vos prénoms, mais seulement pour découvrir que vos âmes se touchent encore, comme les branches d'un même arbre. »

Silence. L'hermétisme de ces révélations laisse Claire sur sa faim.

« C'est tout ? »

La dame sourit.

« C'est tout. »

Silence.

Puis elle ajoute, en faisant un geste de congédiement :

« Nous nous reverrons un jour, si vous me cherchez. »

Elle se lève. Sa toque est décidément impressionnante.

Elles se lèvent à leur tour. Lucie lisse la jupe mauve. L'allée qui leur paraissait sombre à l'arrivée les fait maintenant cligner des yeux. La porte se referme derrière elles. « Adrienne Chantre », y lit Claire à haute voix, « voyante ».

Chez *Feu Coco*, quand la serveuse s'approche pour prendre leur commande, elles n'ont pas encore ouvert la bouche. Elles sont troublées, toutes les deux, et incapables de parler de leur trouble, comme si elles avaient fait un rêve inavouable. Elles n'en parleront d'ailleurs jamais et ne tourneront la tête en direction du passage étroit entre Samba-Sam et la boulangerie des sœurs Zoulof que des semaines plus tard, séparément, et uniquement pour constater qu'il est fermé par un mur de briques peintes du même vert que la boulangerie. Avant de porter la jupe mauve, Claire la lavera deux fois pour faire disparaître l'odeur de patchouli.

Bord de mer

Mon existence est simple. Elle se déroule dans le pendant du maintenant. Chaque instant docilement enfilé dans le collier des heures contient un noyau intact, serré, dense, impensable, mais je sens le sable en moi, la boue et l'eau. Je sens en moi le bois, le feu et le passage du vent.

Je marche beaucoup et l'horizon s'éloigne à mesure. Parfois, ses pas menus s'impriment sur le sable à côté des miens. J'ai toujours cette envie folle de la serrer dans mes bras. Seule son absence m'est rendue et je ne la vois qu'invisible. Mais je sais que c'est dans l'espace entre nous que la parole s'achemine. Mon espoir tient à cette parole en chemin. L'entente a lieu dans les fissures, là où le vent pourrait passer.

Je n'ai pas besoin de la toucher pour être avec elle. Je vous contiens tous. Je vois : les vies et leurs vides, leur peur et leur joie, leur peur et leur peur. Leur courage. Le temps n'existe pas et l'espace est un leurre. Et la séparation, un jeu, une épreuve, une énigme — la périlleuse gageure de Dieu.

Quatrième cahier
L'âge adulte

Lucie reçoit son diplôme en bibliothéconomie quelques jours après que Claire a obtenu le sien en ingénierie du béton. Lucie compte trouver un emploi qui lui laisse le loisir d'écrire et qui respecte son goût pour la solitude. Claire, dont tout le parcours scolaire s'est subordonné au vain espoir d'obtenir un signe de fierté paternelle, souhaite secrètement que le marché du travail la pousse vers d'autres sphères, mais elle ignore lesquelles.

C'est ainsi que, le matin de sa première entrevue pour un poste d'ingénieure, Claire se lève à l'aube et entre, le visage bouffi, dans la chambre d'amis. Elle secoue doucement Lucie par l'épaule, mais sans résultat. Elle entreprend alors de fouiller dans le placard, sans manquer d'agiter les cintres. Lucie gémit un peu, s'étire comme un chat. Qu'est-ce que tu veux? Lève-toi et marche, répond Claire, tu as une entrevue aujourd'hui. Lucie ouvre les yeux pour dévisager son amie.

« Tu es sérieuse?

— Absolument.

— Tu ne veux pas le poste?

— Absolument pas.

— Bon.

— Allez, lève-toi.

— Tu me prépares un café ?

— Non, pas de café.

— S'il te plaît.

— Non.

— Pourquoi ?

— Tu devras être absolument médiocre.

— Arrête de dire "absolument". Et fais-moi un café, sinon je n'y vais pas du tout. Comment je m'habille ?

— J'ai déjà choisi. Ta jupe longue à fleurs bleues et la chemise brune à carreaux de mon père boutonnée jusqu'en haut. »

Lucie grimace.

« Justement.

— Je n'y arriverai jamais.

— Pas de café.

— Bon, dans ce cas-là… »

Pendant que Claire lui prépare son café, Lucie enfile la jupe et boutonne la chemise de flanelle jusqu'en haut en espérant ne rencontrer aucune de ses connaissances dans la rue. Paul, en particulier. Lorsqu'elle arrive dans la cuisine, Claire a l'air mécontente.

« Quoi ?

— Tu t'es maquillée.

— Ben oui, juste un peu. »

Claire soupire et pose une tasse fumante devant elle. Lucie s'informe de l'heure, du lieu et de ce qu'elle ne doit *absolument* pas dire. Claire est prodigue de détails et lui recommande en outre d'observer les cinq minutes de retard habituelles. Lucie lui donne la liste des choses à faire à sa place, comme de passer chez le cordonnier et d'acheter une carte d'anniversaire pour Marcelle.

« À propos, dit Claire, tu sais que Marcelle vient de craquer pour un agent immobilier ? Devine comment il s'appelle.

— Gonzo ?

— Non, pire : Marcel. »

Lucie avale sa gorgée de travers, est prise d'une quinte de toux et tache le col de la chemise, ce qui arrache enfin à Claire un sourire satisfait.

L'entrevue, un vrai désastre, assure Lucie, a lieu dans un immeuble vitré du centre-ville aux ascenseurs chromés, murs beiges, panneaux diviseurs, employés penchés sur leur clavier d'ordinateur en ignorant le mieux possible le bruit de fond de l'air conditionné. Elle est menée par le directeur du service et par sa secrétaire personnelle. Cette dernière, timidement éprise de son supérieur, voit un atout immédiat dans le manque d'élégance de la candidate et dans son boutonnage de bigote. Quant au directeur, un artiste refoulé, il est séduit par l'originalité de ses réponses, gage d'une créativité qui, jusque-là, manque à la dynamique de son équipe.

Lorsque Claire se voit offrir le poste avec enthousiasme, trois jours plus tard, elle fonce sur Lucie, qui jure pourtant avoir été pitoyable. Elles entreprennent une interminable conversation nocturne au terme de laquelle Claire admet enfin qu'elle a envie de jeter son diplôme dans les toilettes et de s'enfuir dans la toundra. Lucie suggère plutôt la jungle équatoriale, ce que Claire ne trouve pas drôle du tout, mais vraiment, absolument pas, si bien que Lucie s'efforce de lui présenter quelques-unes des milliers de solutions moins dramatiques et plus faciles d'exécution. Claire semble se détendre à l'idée d'un nouveau cycle d'études en littérature créole et, aux premières lueurs de l'aube, elles s'endorment en cuiller sur le petit lit de la chambre d'amis.

Parce qu'Aurore n'appelle jamais et que Suzanne est de plus en plus seule dans son couple émaillé, Claire et Lucie ne peuvent se résoudre à quitter ce duplex qu'elles détestent, hanté par les bibelots, suffoqué par les tapis, mourant de propreté. Suzanne, qui dépend de leur présence, n'ose jamais aborder le sujet de front. Elle les comble de petits soins qui les agacent, les attristent et les laissent suspendues dans l'indécision.

Un jeudi après-midi, Claire rentre plus tôt que prévu et surprend Alambra, le regard perdu sur le médiocre horizon du bow-window, une lettre pliée dans la main droite, la gauche reposant sur son ample poitrine. Comme sa mère en route vers sa crème hydratante, il y a longtemps, Claire voit pour la première fois une personne à part entière, avec des désirs devant elle, derrière elle, à l'intérieur d'elle. Elle lui propose une tasse de thé.

Alambra tient la tasse à deux mains. Claire l'invite à s'asseoir dans le fauteuil de Gérard. C'est ainsi que Lucie les trouve, juste avant qu'Alambra ne se mette à parler de la lettre, avec ses « r » qui roulent comme des cailloux déboulent une pente.

C'est une longue lettre dans laquelle sa sœur Teresa décrit sa journée de la veille, une journée qui « les sauvera toutes les deux ». Alambra l'a reçue à la fin de son premier hiver d'exil et elle la traîne partout avec elle, comme un talisman. La lettre ressemble à une fresque de Diego Rivera sur un thème de Frida Kahlo. Elle s'ouvre sur Teresa pressant le pas vers la maison de Nuccia, vêtue de la robe jaune dans laquelle Alambra se souvient d'elle. Lorsqu'elles étaient enfants, Teresa la prenait par la main et Alambra devait courir sur ses jambes courtes pour arriver à la suivre. Alambra est loin maintenant, mais Teresa aurait voulu l'emmener chez Nuccia avec elle, pour réparer.

Fille aînée d'une famille nombreuse et décimée, Teresa en incarne la pérennité en terre d'origine. Les cendres se passent de mère en fille, une foule de petites morts, de regrets, de silences. Les failles supplient d'une génération à l'autre, jusqu'à ce que, même sans le savoir, quelqu'un endosse la vocation de réparer. Celle-là, c'est Teresa. Il lui a fallu du courage pour voir s'éloigner sa cadette, un matin de brouillard, mais elle a fait la paix avec ce départ comme avec le reste. Sans la paix, écrit-elle, la survie est en excès.

Le pays, depuis, est retombé dans une relative torpeur, une parenthèse parmi tant d'autres. L'important, écrit Teresa, c'est de pourvoir au quotidien en écartant le doute chaque fois qu'il se présente, comme une mèche de cheveux que la sueur colle au front. Le doute se présente plusieurs fois par jour, à l'improviste. L'important, c'est de ne pas interrompre les gestes parmi lesquels il s'immisce, l'épluchage des fèves, la cuisson des galettes. Teresa répète souvent que la vie continue, que la vie est forte. Elle touche le pendentif qui lui vient de son père.

À douze ans, une fille devient femme. Dans les pendentifs que les pères fabriquent alors pour elles, ils déposent leur protection et leurs vœux pour l'avenir. Ils délèguent en quelque sorte leur fonction à l'objet qu'ils confectionnent et qui accompagnera leur fille où qu'elle aille, maintenant qu'elle sort de sa maison d'enfance. Le matin de ses douze ans, le père de Teresa s'était penché sur elle, tenant fermement le pendentif entre ses deux mains pour le lui passer autour du cou. Il s'était agenouillé devant cette nouvelle petite femme et, sans rien dire, puisqu'il parlait rarement, il l'avait observée en souriant, sa malice habituelle embuée d'une tristesse que Teresa, elle-même submergée par les honneurs du grand jour, avait perçue sans bien la comprendre. S'il avait pu parler, il aurait dit : Teresa, toutes les vies sont faites de courage et de lâcheté. Il aurait dit, écoute : la bonne fortune n'est rien d'autre qu'un dosage en faveur du premier.

Teresa était la première enfant qu'il avait conduite jusqu'à l'âge adulte, intelligente et robuste, saine et sauve. Il se sentait fier et nostalgique à la fois, parce qu'il se rendait compte, alors que le pendentif s'asseyait sur la poitrine naissante, que celle-là ne cesserait jamais d'être son enfant, sa petite, son trésor à défendre tous les jours, du matin jusqu'au soir. La buée de l'œil trahissait son douloureux constat de l'échec du rituel : non, son cœur ne s'était pas déversé dans le pendentif, il demeurait le même, fièrement, farouchement, attentivement amoureux. Il lui faudrait laisser aller sa fille sans pourtant cesser de craindre pour elle, ni d'espérer pour elle, ni de vouloir secrètement ouvrir pour elle des chemins aisés, d'y allumer des torches célébrant son passage. Pendant les années qui suivirent, il travailla à déguiser son souci, à aiguiser son silence, à observer de très loin ce destin autonome.

Alambra, écrit Teresa dans la lettre, tu n'as jamais reçu le pendentif.

Ils avaient battu leur père. Ils l'avaient brisé devant elles. Il n'avait pas levé les yeux. Son cœur avait succombé en quelques heures à ses blessures et à sa honte. C'est pourquoi, dans les moments de doute, tout ce qu'Alambra possède et peut serrer dans sa main, c'est l'image du rire de Teresa, c'est sa lettre ; et Teresa, au loin, se sent chaque fois requise impérieusement, se sent pérenne en terre d'origine, responsable du fait que la vie continue.

Teresa sait mettre les enfants au monde. C'est son talent et son métier. Elle sait aussi comment interrompre les grossesses. C'est un savoir clandestin. C'est le dangereux privilège des femmes de sa trempe. Parfois, elle craint ses propres mains. Elle invoque les cieux les plus reculés, les plus hautes voix, pour que ce geste lui soit permis — pour qu'il lui soit pardonné.

C'est Teresa qui, à la demande d'Alambra, l'a fait avorter. Rien dans son expérience ne l'avait préparée à une rupture aussi profonde de son propre sang. Pérennité en terre d'origine. De quel droit, au nom de quelle sorte de survie ? Alambra s'était montrée claire et déterminée, comme à son habitude : si Teresa ne l'aidait pas, elle irait ailleurs, elle irait loin s'il le fallait. Elle n'avait pas peur. N'aie pas peur, toi non plus, Teresa. Le monde veut ta main sur la vie comme sur la mort, car tu es sage, saine et forte, car tu es Teresa. Fais-le, je t'en prie.

Teresa avait mis sa science au service de la liberté de sa sœur, non sans serrer son pendentif à plusieurs reprises. Elle avait préparé les herbes et la chambre, lavé les draps, tiré les rideaux. Elles furent seules, longtemps, à baigner dans la pénombre des douleurs d'Alambra, de son miracle répudié. Teresa lui massait les épaules et les reins, elle pleurait à sa place en pétrissant durement son ventre avec un poing fermé.

Teresa connaît son métier. Le ventre appareillé pour la croissance fit peu à peu demi-tour. Il poussait dans tous les sens des couteaux de toutes sortes, des aiguilles, des scies. Ce fut long et pénible. Alambra voulut tenir dans sa main la matière grise et rouge, encore informe, qui avait la température exacte de son propre sang. Ce qu'elle vit dans sa paume, c'était la progéniture morte du mari fusillé, mais ce qu'elle sentit, c'était sa propre chaleur, la chaleur de son corps vivant malgré tout, malgré tout battant, capable de marcher. Son labeur prématuré avait donné naissance à la conscience d'une vie intacte, chaude et résistante, une vie, la sienne, toute à recommencer.

Elle était partie. Le jour de son départ, leur cousine

Nuccia était venue timidement consulter Teresa : elle avait du retard, croyait-elle, deux, trois semaines, et elle avait du mal à manger quoi que ce soit. L'esprit de Teresa, au cours des mois qui suivirent, s'employa à vénérer dans le ventre besogneux de Nuccia le reprisage de celui d'Alambra. La vie continue. La vie est forte. Le ciel pardonne. À mesure que Nuccia s'alourdissait, Teresa sentait approcher le jour où elle allait enfin se libérer du poids de la perte et de la culpabilité.

Ce jour, c'était hier, écrit Teresa dans la lettre. On est venu la prévenir. Nuccia l'attendait, elle avait mal, elle avait peur, elle avait besoin d'aide. Teresa a enfilé la robe jaune. Sur la route poussiéreuse parcourue à la hâte, elle ne pouvait s'empêcher d'imaginer une main dodue dans la sienne, les soubresauts de jambes courtes s'efforçant de la suivre. Nuccia nous a accouchées d'un garçon, il s'appelle Paco.

Alambra confesse qu'elle relit souvent la lettre et ne s'en sépare jamais. Parfois, elle la retire seulement de l'enveloppe et la tient dans sa main. Elle sent l'odeur du papier et écoute son froissement. Elle s'imagine berçant Paco pour l'endormir, embrassant ses joues pleines, lui apprenant à compter.

Alambra se tait. Elle reste là, tête penchée, perdue sur les lieux évoqués par son récit. Claire et Lucie l'ont écoutée pensivement. Elles se sentent tristes et un peu honteuses de n'avoir jamais cherché à la connaître, d'avoir négligé ses poupées cousues à la main, ses flûtes de Pan commandées là-bas juste pour le plaisir d'entendre leur son frêle sortir d'une bouche d'enfant. Mais c'est le luxe des fillettes choyées que de ne pas s'interroger sur le malheur des autres et de ne voir d'eux que l'infime partie qui les concerne, ménage, poupée, flûte de Pan, chocolat chaud. Elles comprennent mieux, bien qu'un peu tard, la nature véritable du lien qu'Alambra a toujours eu avec elles, la signification de cette tendresse à la fois discrète et appuyée, de ce regard rêveur et de ce mouvement, si souvent répété, avec lequel elle écarte de leur front une mèche de cheveux. Elles ont été ses filles du jeudi sans jamais s'en rendre compte.

Le jour de l'accouchement de Gisèle, Suzanne marche de long en large devant son bow-window, le téléphone sans fil à la main. Le téléphone n'a pas encore sonné quand Gérard fait irruption dans le salon et lui demande ce qu'on mange. Suzanne le fustige du regard et, sans cesser de faire les cent pas, lui commande une pizza aux anchois. Toujours pas d'appel lorsqu'elle dépose le téléphone sur sa table de chevet et se prépare pour une interminable nuit blanche.

Il faut encore à Gisèle toute la journée du lendemain avant de se résoudre à appeler. L'accouchement ne s'est pas déroulé comme prévu. Nathalie, la menue merveille venue de son ventre peureux, s'est présentée à l'envers et des semaines à l'avance. Le gynécologue, quant à lui, a agi en retard. Le verdict s'est logé en Gisèle comme un second embryon, lent à mûrir : « Nous ne connaissons pas la nature exacte des dommages, mais il serait surprenant que votre fille soit normale. » Le dernier mot surtout. *Normale.*

Au cours des mois suivants, Gisèle se comporte comme la fontaine de Trevi. Les rencontres du jeudi avec Suzanne, poussette rangée au ras de la table, avec dedans ce bébé agencé en diverses teintes de rose, gagnent de nouveau en intensité. La différence de Nathalie ne se manifestera que plus tard, et cette trêve, pendant laquelle les apparences sont sauves, sert à Gisèle de tampon, de tremplin, de corridor de décompression : de préparation. Sa gestation véritable a commencé le jour de l'accouchement. Une gestation autrement plus douloureuse et imprévisible, qu'aucun livre ne saurait décrire ou normaliser : Gisèle s'incube elle-même. Elle ne sera à la hauteur d'un enfant différent qu'à la condition d'être soi.

Soi : jungle et toundra, fjord et désert, repaires effrayants de soifs torrentielles. Son équilibre chancelle constamment entre la peur de sa propre singularité et l'amour sauvage pour sa fille, deux forces immenses et toujours opposées. La peur la retient sur des rails conventionnels que l'amour pousse jusqu'au soleil couchant. Nathalie la guide vers le bout du monde. Elle a besoin de sa mère, elle la dépasse en vulnérabilité et Gisèle, poitrine à l'air, se découvre enfin la force de voyager.

Outre Nathalie, il y a ce qui définit le mieux Nathalie, c'est-à-dire ce qu'elle n'est pas, c'est-à-dire ceux qu'elle n'est pas : les autres enfants, les enfants des autres. Claire, par exemple, étudiante modèle en littérature créole que Suzanne, malgré toute sa fierté, s'efforce de ne jamais mentionner pendant les rencontres du jeudi. Un passage crucial pour Gisèle est celui des premiers pas, triomphe de la plupart des parents qui ne se privent pas de vanter la précocité de leur progéniture. Un prévisible Waterloo pour Nathalie qui ne rampe pas encore à quatorze mois et, pourtant, le premier pas de Gisèle vers l'acceptation profonde. Un pas en moins pour la petite, un pas de géant vers sa propre humanité : Nathalie ne marchera probablement jamais, elle aura du mal à sourire et, pour cette raison, Gisèle l'aime encore davantage — et mieux. Chaque soin prodigué au petit corps atrophié contribue désormais à la soigner du simple fait d'avoir un nom propre.

Elle change son nom propre, d'ailleurs, un acte auquel elle attribue une valeur hautement symbolique, malgré le manque d'audace qu'il trahit. « Giselle » : à la fois retenue et transformation, les deux mouvements qui, à défaut de la rasséréner, ont au moins pris en elle le relais de la dépression.

Son mari joue plus souvent au golf. Il s'intéresse peu à sa fille, de moins en moins à sa femme. Ce rejeton noueux n'est peut-être pas, en fin de compte, tout à fait le sien. La route rocailleuse entreprise par Giselle en vue d'elle-même se fait en silence et ce silence la sépare davantage de ce mari déjà absent.

À l'insu de tous, sauf de Suzanne, elle déploie des trésors d'imagination pour engager sa fille à apprendre et à grandir. Son journal personnel, autrefois d'une platitude comparable aux états de compte d'un bureau de change, prend maintenant des dimensions épiques. Elle admire un peu plus chaque jour l'intelligence vive s'acheminant par les dédales du corps; le cristal des premiers mots dans la boue paralytique; l'œil d'un dalaï-lama dans le visage asymétrique; l'ange en plein vol sur une plage venteuse dans chaque demi-sourire rétréci par le feu; et l'effort constant, magnifique, insatiable, l'effort semblable à celui des perce-neige, à celui des saumons qui remontent le courant. L'effort sans mesure, déraisonnable, celui de vivre. L'effort de vivre, chez Nathalie visible en tout, en tout imbibé d'un naturel presque mystique. Giselle, observant sa fille — et elle ne fait, à vrai dire, rien d'autre —, est souvent saisie par l'image d'une flèche lancée juste et droite, mais pourtant irrémédiablement suspendue à distance de sa cible.

En apparence cependant, Giselle demeure parfaitement conventionnelle et conventionnellement parfaite. Le clivage n'est repérable que sur son front qui semble détaché du reste de son visage, un continent à la dérive. Dans de très rares cas seulement, Giselle, deux-ailes-e, la vraie, la reconquise, le Nouveau Monde, s'échappe en public. Cela se produit lorsqu'elle reconnaît chez une autre femme une endurance pareille à la sienne et enfouie de la même façon. Ainsi, le jour où Suzanne lui propose enfin de laisser tomber la maison de thé et de se rencontrer plutôt chez elle, parce que c'est mieux pour la petite, Giselle se prend d'affection pour Alambra.

Lucie, le même jour, se prend d'affection pour Nathalie. Nathalie la rassure, mais elle ignore pourquoi. Son regard peut-être. La nature brutale de sa condition; la sérénité de son courage. Il lui semble qu'un philo-

179

sophe veille dans ce corps disgracieux. Elle écrit pour elle un texte qu'elle laisse sur sa commode et que Suzanne, le jour du changement de draps, ne peut s'empêcher de lire. En le lisant, elle comprend pourquoi il lui est devenu si difficile de penser à sa propre fille sans que cette pensée n'embrasse Lucie et sans que la pensée de Lucie ne lui remplisse le cœur.

Je suis le premier enfant, le dernier.
J'habite dans un corps paralytique.
Je dors dans une chambre rose.
J'aime la pluie, la neige, le vent, ma mère, lorsqu'elle me parle longtemps, ma mère, lorsqu'elle me tient la main.
C'est dans notre courage que nous nous ressemblons. Quel que soit son visage, il est toujours celui de tous.
Les gens qui me regardent ont souvent l'air tristes. Ils sont tristes pour moi, mais aussi pour eux-mêmes. Je pense qu'ils s'imaginent dans une vie comme la mienne et que ça gâche leur journée.
C'est parce qu'ils ne voient pas mes ailes. J'ai décidé de ma vie le jour de ma naissance. C'est une chose qui manque à la plupart des gens. Si les gens savaient pourquoi ils sont venus, ils auraient plus de respect pour eux-mêmes et plus de joie aussi.
Je suis venue pour me glisser dans les trous de souris.
Les gens essaient souvent d'oublier les trous. Ça rend les trous plus petits. On ne peut plus y entrer. On ne peut plus savoir ce qu'il y a dedans. On souffre un peu moins, mais on ne peut pas guérir.

Je suis venue pour que ma mère s'appartienne.

Je suis le thé à lire au fond des tasses, le coffre des cryptes.

La montre d'un soldat, le front d'un fusillé. Je suis une poupée de maïs, un chevalier errant, le renard qui échappe au coureur des bois. Je suis le coureur, je suis le bois.

Je suis Noël, Noël tant qu'ils en ont besoin.

Je suis le corps imparfait d'un silence qui vous sauve. Toute ma force est contenue dans mon imperfection. Elle a l'éclat d'un soleil indéniable. Elle est la preuve tangible de notre humanité.

Là où je suis, dans mon corps difficile, le temps des générations ne passe jamais. Les ventres des mères fonctionnent comme des urnes. Ils transportent les morts avec les vivants. Parfois, un enfant naît qui n'a pas oublié. Celui-là prépare la mémoire vivante. La mémoire vivante est la seule qui guérisse.

Je suis ce souvenir dont vous ne voulez pas. N'importe lequel : le vôtre. Ici, simplement. Dans ma chaise roulante. Ce souvenir qui vient des autres et qui parle de vous. Ce souvenir qui est la clef de votre nom propre.

Vous me reconnaîtrez seulement si vous avez besoin de moi.

Lucie se penche lentement sur sa table de chevet. Elle a l'intention de porter le même bracelet d'argent qu'hier. Il y a peu de place dans son esprit ce matin, tout semble contracté. Elle ne sait plus comment accéder à ses pensées, fermées comme des poings, comment accéder à son cœur, tassé dans un coin, comment accéder à son bracelet négligemment posé sur sa table de chevet. Mais elle ignore pourquoi.

Elle pense à la comtesse de Ségur. Qui sait si quelqu'un au monde se souvient de la comtesse de Ségur ? De son appétissant moralisme, fait soit de sucre, soit de sel, exempt d'aigre-doux. Aujourd'hui, nous vivons tous entre deux chaises. Lucie soupire. Cette femme, Aurore, nul ne sait rien d'elle sinon qu'elle a fait son possible et que son possible l'a emportée sur une île dont elle ne revient plus. Faire son possible. Lucie pense à Aurore, ce qui provoque une tentative désespérée de retour à la comtesse de Ségur. Le bracelet lui échappe et tombe par terre. Elle n'a pas dormi de la nuit. Elle a eu vainement recours au lait chaud, à sa tasse préférée. Au bon petit diable. Les mondes fanés de l'enfance. Le bien et le mal dans leurs tiroirs respectifs. L'odeur des pages, leur texture. Le bruit de la lune sur le toit du balcon. Les longs dimanches pluvieux dans le confort du lit, le gage rassurant d'une journée bien remplie.

Faire son possible.

Aurore. La mère indigne. La mère brusquement envolée après avoir comblé sa fille d'une enfance magique. N'en retenir que la comtesse de Ségur, la lecture qu'Aurore détestait entre toutes. Moralité hygiénique, disait-elle en levant les yeux au ciel. Ôte plutôt tes chaussures et va courir nu-pieds. C'est ça la vie, répétait souvent Aurore : pieds nus à perdre haleine le long de causes perdues.

Lucie a récupéré le bracelet et sa tête tourne quand

elle se relève. Quelque chose ne va pas. Cette mère envolée depuis des années, elle la sent rétrécir en elle. Hier, elle a vu une photo dans un guide touristique. Une pierre noire contre un ciel sans merci. Ça ressemblait à un appel. À une sécheresse venue de loin chercher sa main, sa voix. Mère extravagante, mère amoureuse.

L'agonie d'Aurore a lieu lentement, secrètement, à l'abri de son île et de la femme qu'elle aime. Les volets sont appuyés l'un à l'autre. L'air de la nuit entre dans la chambre par une fente seulement. Au matin, le soleil, à peine une ligne blanche, rampe sur le plancher, escalade le drap froissé puis trotte jusqu'à l'oreiller de Maria dont il balafre la joue mate, effleure les cils drus. Elle plisse les yeux avant de les ouvrir tout à fait.

Maria voyage peu et n'arrive pas à concevoir une destination privée de mer. L'été de ses vacances à Pirogue, le jour qui précéda sa rencontre avec Aurore, elle fut choquée par l'océan râpeux, écumeux, sauvage. Décidément moins conciliant que le berceau de son île, une mer cambrant sa croupe sous les avances du soleil, exhibant ses joyaux d'ouest en est, du nord au sud. Née d'une mer si complaisante, elle avait observé avec stupeur cette armée des marées océanes dont la vitesse, dit-on, se compare parfois au galop des chevaux.

Cette vision lui est revenue récemment, à des années de distance : le galop furieux envahit son réveil. Ses pensées se bousculent et l'assaillent, semblables, jour après jour, à cette horde incontrôlable qui pousse son remous des chevilles à la taille, à la poitrine, à la gorge. Juste avant la noyade, Maria ouvre les yeux. Ce qu'elle voit alors, c'est la silhouette aimée de la femme qui partage son lit, son île, sa mer lascive, ses pierres avides, son temps, sa maison. Aurore, chaque jour un peu plus émaciée, chaque jour plus frileuse. Chaque jour creusée davantage comme un ravin sous les pluies torrentielles de novembre.

Maria jouit du sang noir des femmes solaires. Le galop furieux des chevaux du matin la trouble, mais il ne peut la renverser. Elle caresse de sa main courte le coton des draps. Elle le ramène sur l'épaule décharnée et évite à tout prix ce qui autrefois faisait ses délices : serrer ce corps si proche, rester encore dans son battement rouge. Depuis la maladie, le jour exige que l'une d'entre elles se lève tôt. Que l'une d'entre elles ouvre la porte toute grande et mette du pain sur la table, dehors. Que celle-là mange. Ma survie passe par tes repas, ainsi Aurore a-t-elle décrété les modalités de leur lutte et Maria n'a jamais faibli. C'est sa vitalité intacte qui fait battre, encore, encore, le pouls fuyant de sa femme.

Maria a ce don, qui vient avec la croupe d'une mer aimable : celui d'aimer sans vouloir posséder ni forcément guérir. Aimer maintenant, ce qui est tel que c'est. Ce tant soit peu, fait de tant pis comme de tant mieux — cette constatation. Elle entend « me voici » chaque fois qu'une chose vivante cherche son attention sur cette terre préhistorique, brûlée, sur cette île sans vipères : thym sauvage, salamandre, tronc tordu des oliviers, vache maigre, saut de chèvre, liqueur de myrte, pierre suspendue dans un ciel blanc ; bras nus ; peau fraîche, hanches souples d'Aurore, son ventre fertile, sa bouche ambrée, l'écho des épinettes dans son souffle en désordre, les feuilles craquant entre leurs deux corps dressés à n'en devenir qu'un seul, un seul corps préhistorique d'île perchée sur le cambrement d'une mer vautrée dans ses joyaux.

Il n'y a plus qu'une frontière floue entre elles, à cause de ces après-midi passés sur la peau dans la peau l'une de l'autre, après-midi torrides où la sueur trouvait un sens sous l'emprise du désir. L'espace entre elles est étroit comme la ligne d'air frais entre les deux volets. Juste espacement de la respiration.

« Me voici », entend-elle, et c'est la voix de la vie transmise de pierre en feuille et d'insecte en plumage. « Me voici », persiste-t-elle à entendre dans la disparition d'Aurore. Car Maria, bénie entre les femmes, perçoit encore la voix têtue dans la caverne des joues, le long des vertèbres stalactites, du fond gris, sec et serré de la gorge. L'entente du monde vivant ne semble pas ternir.

Elle ramène le drap froissé sur l'épaule aimée et se glisse hors du lit. L'ombre s'attarde au fond de la pièce unique et Maria s'y enfonce, récupérant au passage la chemise et le pantalon de la veille, les enfilant puis nouant d'une seule main ses cheveux longs. Elle a soixante ans. Ce qu'elle craint, ce n'est ni la solitude imminente, ni l'usure des muscles — elle craint la fin des voix qui entonnent la vie. Elle passe vigoureusement ses paumes sur sa poitrine et son ventre, comme pour les épousseter du sommeil. Elle remplit un verre d'eau fraîche qu'elle pose au chevet d'Aurore. Elle prend un couteau, du pain, du miel, et va s'asseoir dehors.

Avant de sortir, elle se retourne et la regarde dormir. Les yeux fermés, les sourcils larges, le front lisse, Aurore semble enfin sereine. Son sommeil du matin est profond. La pointe de son épaule se soulève longuement sous le drap, puis retombe. Avant d'appartenir à sa propre journée, Maria la regarde dormir. Respirer. Cette tranche de sommeil profond est la seule vision d'agonie qui tienne encore la main de leur bonheur.

Pendant que l'une travaille à mourir, l'autre se lève, ouvre la porte et mange. Elles savent être une seule et même âme sur une même terre assoiffée, suspendue espérante aux jupes d'un ciel vide. Elles savent que l'avancée des vivants dans leur mort est une forme de gestation et que, dans la gestation, il est juste qu'une femme en porte une autre. Maria étend le miel sur son pain. Comme les femmes portent les enfants à venir, elle porte Aurore à mourir sur la paume de son pain, elle mêle la voix d'Aurore aux voix de la vie, Aurore dans son sang noir et par le muscle sain de son propre battement.

Dans les heures fraîches du début de chaque soir, elles font une promenade. Quand ils lui ont ôté l'utérus, Aurore voulait le tenir dans ses mains. La promenade s'est arrêtée au pied du phare; y grimper pour regarder au loin avait perdu son sens. Après l'ablation du sein gauche et des ganglions, la promenade s'est limitée au début du sentier qui descend, désormais trop glissant, trop venteux. Pendant la chute des cheveux, la promenade s'est rétractée jusqu'à cette pierre mystérieusement dressée en équilibre sur sa pointe la plus étroite, à une extrémité du champ des moutons dont les parfums soudain trop lourds rappelaient à Aurore des restes de charogne. Quand elle a décidé d'interrompre les traitements, la promenade a pris fin sous le dernier genévrier ; plus loin, la plaine est exposée à un ciel sans répit, désespérément vaste et dont elle juge le silence injustement sévère. La semaine dernière, la promenade s'est achevée au bout de l'allée fleurie d'oléandres roses et blancs ; tout lui paraissait trop long, ensuite, pour le temps qu'il lui reste.

Maria se souvient du si récent plaisir qu'elles prenaient aux pentes abruptes, aux vents violents, à la fuite soudaine des cailloux sous leurs pas, à l'ivresse du thym et de l'eucalyptus infusés par l'été — au plaisir qu'elles prenaient, par-dessus tout, à défier le silence têtu du ciel ou à le voir de très loin engloutir la mer. Une promenade, alors, n'était jamais assez longue, et les pas en plus semblaient prolonger l'avenir.

Ce soir, l'air est immobile. Les pas d'Aurore laissent dans la poussière un sillon continu ; ils se confondent en un seul pas traînant, péniblement long, extrêmement faible et qui expire bien avant les oléandres, juste au bout de la table où ses deux mains n'ont pas cessé de chercher un appui.

Aurore ? fait doucement Maria, *amore grande…* Elle soupçonnait que l'atrophie des promenades, conforme à la gestation inversée, allait bientôt aboutir au coin de la table. Demain ou après-demain, elles transporteront leur corps unique à l'hôpital le plus proche. Mais, avant de partir, Maria sait qu'Aurore devrait accepter la péremption d'un silence dont elle croit qu'il la renforce, mais qui, au contraire, prolonge cette rupture dont la mort est issue.

Amore mio, lui dit-elle en refermant ses mains courtes sur les épaules osseuses, appelle ta fille, maintenant, elle a le droit de savoir.

Dès qu'elle sort des toilettes, son test de grossesse à la main, Lucie prend la décision de retourner vivre dans l'appartement qu'Aurore lui a laissé. Sans mot dire, Suzanne défait le lit de la chambre d'amis et récupère au grenier les boîtes numérotées dans lesquelles hibernent, lavés, pliés, repassés, les vêtements portés par Claire de zéro à onze ans. Son cœur se gonfle à la vue des premiers pyjamas de flanelle rose, minuscules, vraiment. Elle pense au battement des fontanelles, au poids négligeable de la vie toute précieuse. Elle se surprend à trembler, Suzanne, à la promesse d'un enfant neuf.

Arrivée dix ans plus tôt avec ses sous-vêtements, Lucie repart avec les bavettes et les camisoles de sa meilleure amie. Tous les soirs, Claire vient manger avec elle, parfois elle reste pour la nuit. Lucie dort dans le grand lit d'Aurore et Claire, dans le lit d'enfance de Lucie. Elles parlent de tout, de rien, du bébé, du travail. Pendant treize longues semaines, Lucie ne mange que du céleri, des betteraves et des frites.

Paul ne veut pas d'enfants. Il veut Lucie pour lui tout seul et une carrière florissante. Claire avait mis Lucie en garde. Elle juge toujours ses relations superficielles; observe-le, ton Gonzo, dit-elle souvent, il n'a aucune idée de ce que tu es, ni de ce que tu veux, ni de ce que tu vaux. Lucie le lui rend bien. Elle juge les relations de Claire trop passionnelles et elle a l'impression de passer son temps à la consoler d'une seule et même erreur, infiniment répétée et aboutissant toujours à la même morale : tant va la cruche au Gonzo qu'à la fin elle se casse.

La vérité, c'est qu'elles sont parfaites l'une pour l'autre, et tellement complémentaires qu'il est devenu presque impossible pour une tierce personne de se glisser entre elles. Les autres se réduisent à des satellites.

Paul s'agenouille pour demander à Lucie de lui pardonner. Il a peur de cette grossesse, il se sent trop jeune pour tenir un enfant dans ses bras, pour l'aider à grandir. En réalité, tu es déjà trop vieux, rétorque Lucie en enfilant son soutien-gorge vert pomme, le préféré de Paul malgré les agrafes. Il lui promet de l'aider financièrement, autant qu'elle le voudra, la responsabilité financière ne lui fait pas peur, c'est la responsabilité affective qu'il n'arrive pas à envisager. Lucie répond qu'elle s'arrangera toute seule pour les deux sortes de responsabilité, mais merci pour le sperme, tout de même, sans le sperme je n'aurais pas réussi, et le sperme, ça coûte cher quand on n'en a pas à portée de la main. Lucie ajuste son décolleté de façon à laisser entrevoir la bretelle verte.

Tu n'as pas dit ça! Pauvre Paul, s'exclame Claire devant le compte rendu de Lucie. Il ne vole pas haut, mais quand même, il ne mérite pas de descendre si bas. Les efforts de Claire demeurent inutiles. Elle ne parvient pas à raisonner Lucie qui s'est déjà enfoncée dans l'étrange dimension où elle passera toutes les semaines céleri-betteraves-frites de sa grossesse, entièrement possédée par son dégoût du frigidaire et des gens qui volent bas.

Claire décide d'agir à sa place et elle envoie à Paul deux roses et un billet écrit à l'ordinateur : « Prends ton temps. Si dans ton temps il y a du temps pour nous, fais-moi signe. Les enfants ont besoin d'un père qui les accueille de tout son cœur. Ne viens pas sans ton cœur. Lucie. » Claire lèche l'enveloppe en pensant que ni elle ni Lucie n'ont eu le bonheur d'un père qui les accueille de tout son cœur. Elle se demande si c'est en partie ce qui les a poussées si proches l'une de l'autre.

« *Odyssée?* Tu es certaine?

— Certaine. C'est le nom qu'elle me demande.

— *Odyssée?*

— C'est le nom qu'elle veut. Franchement, crois-tu que j'aurais pu avoir cette idée-là toute seule?

— Et si c'est un garçon? Télémaque?

— C'est une fille, Odyssée.

— C'est le nom d'une vie très longue.

— Je ne sais pas. Je crois qu'arriver dans la vie est déjà un long voyage pour elle.

— Et comment tu sais ces choses-là?

— Elle me dit plein de choses.

— Comme quoi?

— Elle me dit que c'est difficile d'arriver dans un corps. Elle est souvent triste. Elle m'explique que pendant que la mère et son entourage préparent une naissance, l'âme qui descend et son entourage préparent un deuil.

— Mais elle te parle avec une voix?

— Non, elle me parle en faisant apparaître des évidences dans mon esprit.

— Des évidences? Et comment tu sais qu'elles viennent d'elle?

— Tu me connais, mon esprit n'a jamais produit d'évidences.

— C'est vrai.

— Bon.

— Tout de même. Odyssée…

— As-tu une meilleure idée?

— Ophélie.

— *Ophélie?* Et pour un garçon, Hamlet?

— Non, pour un garçon, Toubiornottoubi.

— De toute façon, c'est une fille.

— Oui, Ophélie.

— Ophélie, c'est le nom d'une mort précoce. C'est beau, mais c'est tellement triste.

— Oui, c'est vrai, c'est triste. Mais c'est tellement beau. »

La grossesse de Lucie reste encore invisible et se déroule à l'insu de tous, sauf de Claire et de Suzanne. Elle semble ne se manifester que dans l'appareil digestif qui se tord, se renverse, se relâche et s'étire à n'importe quelle heure du jour ou de la nuit. Dans ses bons moments, Lucie dit à Claire qu'elle a peut-être une grossesse ectopique de l'estomac. Dans ses mauvais moments, plus fréquents que les bons, Lucie ne dit rien. Elle mijote des pensées sombres au sujet de sa solitude, de ses moyens financiers, de sa difficulté à traverser la moindre banale journée de travail dans les souliers de plomb de sa fatigue.

Ce sont les premiers mois. Ils prennent fin de manière abrupte quand la gynécologue, préoccupée par un saignement, décide de procéder à une échographie. Lucie va chercher Claire qui lit *Harry Potter* dans la salle d'attente. Elle l'interpelle à trois reprises et ne parvient à la tirer de sa lecture qu'en haussant le ton pour prononcer É-CHO-GRA-PHIE et en ajoutant à voix basse qu'elle a peur. Peur ? fait Claire sans lever les yeux, j'arrive, excuse-moi, c'est que le nom de Harry vient de sortir du calice, c'est vraiment incroyable, qui a bien pu le mettre là-dedans, il y a tout de même des règles, tu as peur, ma belle, viens, on y va ensemble, et elle referme le livre au prix d'un effort évident.

La gynécologue les attend dans une pièce sombre. Claire lui serre la main en disant, je suis le père de l'enfant, dans le vain espoir de faire rire Lucie qui s'allonge sur la table d'examen, soulève son T-shirt. La gynécologue vide le contenu d'un flacon de gel froid sur son ventre à peine gonflé, s'empare d'une sonde froide elle aussi, qu'elle ne se gêne pas pour pousser vigoureusement dans toutes les directions.

Sur l'écran, on ne distingue que des taches sombres à gros grains, striées de voies lactées non identifiables. Lucie, de plus en plus inquiète, se rend presque à l'idée qu'il s'agit d'une grossesse d'estomac, quand la sonde s'arrête soudain. On distingue maintenant une forme blanchâtre blottie contre la paroi d'une vaste chambre noire et que Claire, par la suite, tentera de décrire comme «un haricot un peu nerveux» ou comme «une crevette avec des bras». Une forme, en d'autres termes, informe, mais à laquelle Lucie s'apprête à consacrer toutes ses pensées des mois à venir.

Le cœur bat, dit la gynécologue. Elle met le haut-parleur. Le cœur d'Odyssée remplit la pièce, la déborde. Il bat jusque dans le corridor, jusque dans la toundra, jusqu'au pôle Nord. Il bat comme les sabots des chevaux de Camargue, il bat comme un train à vapeur sur un pont de ferraille, il bat comme une valse, comme des castagnettes, comme le tonnerre du mois d'août, il bat comme battent les cœurs humains, avec endurance et régularité, capable de courage, capable de lâcheté, il bat capable d'attendre et d'aimer, capable d'être un cœur, un cœur humain, un cœur banal, un cœur miraculeux.

Tout va bien, dit la gynécologue, s'adressant à l'énorme larme qui roule sur la joue de Lucie et sans remarquer l'œil rouge de Claire qui farfouille dans son sac à la recherche des mouchoirs écrasés sous Harry.

Le soir même, l'estomac de Lucie se relâche pour de bon, ses pensées noires font place à une sorte d'état de grâce, de transparence fluide. Il lui semble que sa mission, pour les mois, pour les siècles à venir, consiste tout simplement à laisser le temps enfiler les jours les uns à la suite des autres selon les règles d'un ordre supérieur, orchestré par les battements du cœur d'Odyssée.

Depuis que Lucie est partie, deux lignes très fines encadrent la bouche de Suzanne et en font tomber les coins vers le bas. Elle s'en est plainte à Alambra, qui lui a répondu en souriant, c'est parfait, vous êtes en train de devenir grand-mère.

Suzanne ne vient jamais saluer Lucie sans d'abord téléphoner pour savoir si elle a besoin de quelque chose, n'importe quoi, ma chouette, manques-tu de vitamines prénatales, je pourrais t'en apporter une bouteille en réserve, j'ai le nom d'une bonne massothérapeute, as-tu encore du lait dans le frigidaire, une pédicure de temps en temps ça fait du bien, veux-tu un billet de loto, c'est bon pour le moral, oui je sais, ça te rappelle mémère Cadieux-ait-son-âme, mais on ne sait jamais, appelle-moi si je peux faire quelque chose.

Elle ne vient jamais seule. Il y a toujours avec elle une tarte, ou du beurre de karité, ou une huile antivergetures, ou un masque antitaches, ou une lotion jambes vigoureuses, ou une petite camisole de plus, ou une grenouille en peluche, ou un livre sur la pédagogie infantile, ou un disque de relaxation, ou un vêtement de maternité, ou une tasse qui pourrait devenir, on ne sait jamais, ta tasse préférée, bref : comme si sa seule présence ne suffisait pas à justifier la visite, Suzanne vient toujours accompagnée d'un petit paquet rose.

Dans l'embrasure de la porte, Lucie met de plus en plus de temps à apparaître. Chaque fois, Suzanne s'exclame comme si c'était la première, oh mon Dieu, oh quelle belle bedaine, et elle tend la main pour la toucher, mais sans oser vraiment — les gens se comportent comme si les femmes enceintes étaient de propriété publique —, elle tient sa main en suspension devant le nombril de Lucie, qui s'approche jusqu'à ce que son ventre rencontre la main de Suzanne, s'appuie sur elle. Lucie ouvre alors la porte toute grande en résistant à la tentation de l'appeler *maman*.

Pendant les derniers jours de sa grossesse, Lucie, dans un soudain regain d'énergie, entreprend un ménage frénétique. Le plancher, les fenêtres, les armoires, les placards. Elle donne un tas de vêtements sous le prétexte absurde qu'ils ne lui vont plus.

Mais Odyssée prend son temps. Elle s'accorde bien plus que cinq minutes de retard et Lucie, une fois classés ses reçus d'impôts des six dernières années et cirées toutes ses chaussures, y compris ses pantoufles, ne sait plus sur quoi jeter son dévolu. Dans l'armoire la moins accessible, sur la tablette la plus haute, elle prend alors la seule boîte dont elle ignore le contenu. Il y a dix ans qu'elle refuse de s'en approcher.

Elle grimpe sur une chaise en se cramponnant au dossier. Bien que ses mains parviennent à la hauteur de la boîte, son ventre l'empêche de l'attraper. Elle monte sur le comptoir, ce qui n'arrange rien. La chaise tombe par terre. Elle s'assied sur le comptoir pour en redescendre. Elle redresse la chaise et y empile l'annuaire de téléphone et le *Larousse illustré*.

Elle parvient enfin à soulever la boîte, surprise de la sentir si légère. Après une série d'acrobaties disgracieuses, elle pose l'objet sur la table de cuisine et le regarde longuement. C'est une boîte à chaussures recouverte d'un papier d'emballage bourgogne irrégulièrement strié d'un vert métallique. Elle se souvient vaguement d'un cadeau emballé dans le même papier. Un cadeau d'anniversaire.

Sur le papier d'emballage, le soleil d'un après-midi entier voyage d'une ligne à l'autre, les faisant luire chacune son tour, sans que Lucie arrive à ouvrir la boîte, ou même à la toucher. Elle la regarde simplement. Elle s'est assise, a posé son coude sur la table et son menton dans sa paume ; son autre main caresse machinalement son ventre. C'est la seule chose qu'Aurore lui ait demandé de garder. Elle n'a jamais ouvert la boîte à cause de son insurmontable difficulté à comprendre, à pardonner.

Le soleil disparaît derrière les maisons de la ruelle. Lucie se lève pour allumer une lampe. Revenue près de la table, elle ne se rassied pas. Elle soulève le couvercle du bout des doigts.

Au fond de la boîte se trouve une enveloppe adressée à Aurore et, dans l'enveloppe, une lettre écrite sur du papier bleu. Lucie regarde la date : elle précède de peu son onzième anniversaire. La lettre est signée *Maria* et

Lucie pleure en la lisant, même si elle n'en comprend pas un mot.

Elle décide de la faire traduire par Alambra, l'espagnol et l'italien se ressemblent tellement. Elle la confie à Claire, qui la confie à Alambra le lendemain, un jeudi, le jour de la naissance d'Odyssée.

Le jour de la naissance d'Odyssée, Lucie ne voit plus que des éclats d'images, sa blouse tachée, une chaise en plastique bleu, les sourcils froncés de Claire, une reproduction de Van Gogh, le reflet des néons dans l'évier, les tournesols de Van Gogh, une rampe verte dans un corridor, la tête penchée des tournesols, leurs pétales jaunes. Les minutes ne passent qu'à force de ne pas passer. Chaque contraction dure une vie, une vie passée sur l'ourlet de la mort, charriée, emportée très loin sur la crête d'innommable, emportée là où nul n'irait de son plein gré. Son corps craque dans la séparation, réduit au seul pouvoir de consentir, poussé vers l'autre bout des mondes pour prendre une âme par la main, pour l'inviter à redescendre, pour l'accompagner ici-bas tête première — et Lucie touche d'un seul coup le ciel et la terre, la bête et l'ange, l'entente et le cri.

Claire la regarde s'aventurer dans le lointain de la venue. Elle pense, mon Dieu que c'est long une naissance, ne sait plus où se mettre, commence à détester la seule chaise, en plastique bleu, et n'ose pas avouer qu'elle meurt de faim.

Mon Dieu que c'est long une naissance, pense Nuccia qui tient à rester debout, qui marche de long en large, s'accroupit tout au plus, mais refuse de s'asseoir, s'appuie aux murs de tout son poids, repousse Teresa de l'épaule, colle son front au mur, frappe son front au mur, tente de le mordre. Gisèle gémit du fond de sa gorge, les paupières closes entre ses contractions, s'évadant vers un lieu connu d'elle seule, un lieu de réparation; chaque fois que les contractions la reprennent, elle ouvre brusquement les yeux sur un regard affolé, impuissant, suppliant, avec l'air incrédule d'une enfant qui ne comprend pas pourquoi on la punit. Suzanne compte les secondes, les yeux rivés sur sa montre, la gynécologue n'en revient pas, quel contrôle de soi, tout de même, Suzanne s'accroche aux secondes, ça ne peut pas durer toujours, ça ne peut pas, elle s'accroche à l'aiguille qui tourne comme à une boussole en plein désert, comme à une bouée en plein naufrage, comme à une seringue en pleine crise de manque. Aurore chante, elle chante à pleins poumons, son chant volatil, divaguant, sa voix déformée, hantée, ventrale fait peur à la sage-femme qui l'encourage pourtant à chanter plus fort, à serrer des coussins contre sa poitrine, à s'immerger dans l'eau chaude. La douleur de l'une est la douleur de l'autre, une douleur sans frontières qui rend impensables les guerres menées par les hommes à l'encontre du labeur des femmes, impensable le blasphème du meurtre en regard du ventre qui prépare, du ventre qui sépare.

Les femmes accouchent et, partout, toujours, leur douleur échappe aux noms multiples des douleurs connues, elle appartient à la racine des douleurs, au chapelet délirant des mammifères, au sang des peuples contribuant, une naissance après l'autre, au lent destin de tous. Le grand fracas des membres s'accroche au train des générations, le train de la survie qui court le long d'un ravin dans lequel il risque à tout moment de glisser, et les femmes, partout, toujours, les femmes murmurent pour elles-mêmes des paroles inaudibles, des serrements de présence, elles appellent l'autre femme, celle qui a survécu coûte que coûte et advienne que pourra, elles appellent la femelle de partout et toujours, celle qu'elles sont en train de devenir, à force de chavirer les unes dans les autres, à force de pousser les corps nouveaux dans le monde. Mordent le mur, comptent les secondes, chantent à tue-tête. Se blottissent dans le vertige d'un improbable ciel.

Elle arrive. Elle arrive enfin, elle plonge, Odyssée, la délivrance. Elle apparaît tout entière, tout à coup, tout petit corps affrété pour la vie. Elle a froid, elle gigote en cherchant son équilibre dans le vide qui l'entoure. Vulnérable et vigoureuse, soumise et insoumise, la peau tendre, l'oreille pliée, avec des doigts comme le détail des arbres, elle arrive, parfaite et singulière, libre et affamée.

Au premier de ses pleurs, Lucie atterrit derrière son propre visage avec une expression étonnée, ambiguë, de lionne et de colombe. De nouveau parmi les sons audibles, au centre d'une pièce habitable, mais dans une vie désormais inimaginable sans sa fille, sans cette migration du sang, sans ce secret connu d'elles seules, la langueur du nid, l'effroi de la naissance et l'amour fou, doux, douloureux.

Elle est là, Odyssée. Elle pleure, elle gigote.

Notre vérité est faite d'un miracle impensable.

Les draps de l'hôpital sont d'une blancheur immaculée. Le jour plombe sur elles, les irradie, les surexpose. Odyssée dort à côté de Lucie, dans le même lit, à la fois lointaine et proche, séparée, collée. Rose comme une porcelaine. Davantage qu'à sa mère ou à son père, elle ressemble aux tasses minuscules dans lesquelles les poupées de l'enfance venaient boire le thé. Ses longs doigts bougent à la manière des algues, dans la mémoire de l'eau, au rythme d'une musique qu'elle est seule à entendre.

Odyssée est au monde depuis quinze heures à peine. Il semble à Lucie que, parmi toutes les existences possibles, celles qu'elle a imaginées depuis les neuf derniers mois, celle-ci est la seule existence nécessaire, l'exactitude personnifiée. Elle n'arrête pas de la reconnaître, bien qu'elle ait du mal à se reconnaître elle-même. Catapultée comme une soudaine étoile polaire, la petite s'affaire en dormant à redessiner les constellations, l'ellipse des planètes, les orbites de toutes sortes. Lucie sait d'un savoir nouveau et brutal, délirant, qu'elle tuerait, mourrait pour elle, sans hésiter.

Le sommeil va et vient de façon erratique, sans lien avec le déroulement normal du jour. La chambre désertée par les chronologies, débordée par la blancheur du soleil et la roseur d'Odyssée, abrite un désordre béat, ponctué par les tétées malhabiles et par le baptême des yeux lorsqu'ils font au monde l'honneur de s'ouvrir, neufs, presque aveugles, les yeux d'Odyssée.

Minuscule.

Tout est minuscule dans un tel miracle, d'un minuscule que la mer elle-même faillirait à contenir.

Trois coups brefs à la porte. Lucie tourne sa tête sur l'oreiller. Trois coups brefs, précis, fermes, discrets. Alambra ouvre doucement. Elle entre, fait signe à Lucie de ne pas bouger et, avec cette façon qu'elle a de glisser vers les autres et d'épousseter les étagères, elle parvient au bord du lit. Debout, les mains jointes, elle se penche vers le nourrisson. Une larme dodue roule sur sa joue, déviée dans son cours par un brusque sourire. Claire se décolle de la chaise en plastique sur laquelle elle a passé la nuit. Elle embrasse Alambra sur la joue, là où la larme vient de tracer un sillon. Elle sort de la chambre. Alambra s'assied à sa place. Du bout des doigts, elle écarte une mèche rousse sur le front de Lucie. *Chiquita.* Elle tire de son sac à main la feuille de papier bleu qu'elle déplie lentement.

Aurora. Cara. Mia? Forse.

Cette lettre je voudrais l'écrire sur ta peau avec mes doigts. Tu es loin. Tu es prise. Tu es autre à moi. Je comprends.

Ce matin j'ai marché jusqu'à la plage. Le sable brûlait à travers mes semelles. J'ai enlevé mes chaussures et j'ai couru jusqu'à l'eau. J'ai flotté sur le dos, longtemps.

Implacable ciel, ciel déshabité. Je suis sortie de l'eau, le sable brûlait sous mes pieds, j'avais faim. J'ai pris mes affaires sur la plage et je me suis enfoncée dans l'ombre de la plus petite grotte. J'ai mangé. J'ai regardé, longtemps, la mer battre les flancs de la grotte. J'étais fatiguée, mais je ne pouvais pas dormir.

Je ne dors pas.

Aurore, ce matin est fait de toi. Ton existence me brûle de part en part, elle déshabite mon ciel. Je brûle, j'ai faim, je flotte, longtemps. Je m'enfonce dans l'ombre des plus petites grottes, flancs battus. Je ne dors pas.

Ma vie est faite de toi. Mon île est faite de toi. Tu es loin. Je comprends. Je t'attends, même si c'est pour, plus tard, avoir eu tort de t'attendre. C'est plus fort que moi. Je brûle, je flotte, je t'aime.

Je t'aime.

Maria

Lucie ne s'habille plus qu'en blanc. Son ventre mitoyen est tendre au toucher. Il se retire lentement, comme une marée, sans bruit. Il a l'air d'un lit défait, d'une coulisse vide, d'un tableau en restauration, d'un travailleur honnête qui revient du boulot. D'un châle pour les longues nuits d'hiver. Engagé sur le lent chemin du retour à lui-même, il retient encore l'écho de tous ces battements de cœur, seconde sur seconde sur seconde, l'écho de ces mois d'avant le visage.

Le cordon d'Odyssée sèche et tombe. De jour en jour, elle parachève sa naissance. Souvent, Lucie repense aux mots dans lesquels Aurore a enrobé son départ, comme l'amande des dragées. Elle les comprend, maintenant, mais sans pardonner.

Les semaines passent.

Avoir faim, pense Lucie, avoir soif, froid, chaud, avoir peur, avoir mal. Arriver de si loin pour descendre si bas. Désirer, attendre, entreprendre d'aimer. Le goût du lait, celui des larmes. Le verre qui coupe, la glace qui glisse, l'espoir. Elle pense : la naissance efface le grand tableau noir. On n'est jamais tout à fait prêt pour une chute si brutale dans l'ignorance. N'être qu'un corps tout en étant, d'emblée, tellement plus. Venir en volant apprendre à ramper. Il faut tout réapprendre. Pas à pas, peu à peu. Elle regarde tellement Odyssée qu'elle a peur de l'éroder. Pourtant, même sans la regarder, elle la regarde encore.

Comme c'est beau, pense Claire. Ce corps parfait, unique, sourire, pieds croisés, des yeux comme des billes, une bouche comme une fraise. C'est l'intention de la vie, son intention joyeuse. La conquête passionnée des retranchements du minime, du moindre pli de la terre ferme. Tapis rugueux, drap lisse, une brise sur la joue neuve, l'eau tiède entre les orteils. Même ses rots sont gracieux.

Claire observe Odyssée qui jase avec son dromadaire en peluche, lui lance des cris sur tous les registres, des sons étranges qui ressemblent à des motifs byzantins, des appels si enthousiastes, si répétés qu'on dirait qu'elle s'attend à ce qu'ils le lui ramènent, comme un boomerang, comme la main de sa voix. Ses doigts levés à la hauteur du visage, elle les enveloppe les uns dans les autres, les sépare, les ouvre et les ferme, mâche sa bavette et puis s'endort d'un coup, avec la même intensité. Comme c'est beau, ce plaisir, cette urgence, la gratuité de son bonheur, son fleurissement abrupt. Comme elle est heureuse, Odyssée, dans sa vie toute neuve. Et comme le présent devient dense, béni par une sorte d'éternité qui, de très haut, passe une main fraîche sur le front des fièvres, sur la peur de l'avenir, sur les tirelires de tout acabit.

En dormant, Odyssée respire de façon presque inaudible. Lucie se lève la nuit, juste pour l'entendre, juste au cas où. On dirait un bouddha, les lèvres entrouvertes sur un nirvana à portée de la main, les sourcils ronds et roux parfaitement détendus. Ses paupières transparentes se touchent à peine plus que des pétales repliés dans le soir. Son abandon est presque un supplice moral. Nous ne dormirons plus jamais ainsi, ignorant notre beauté, ignorant les périls qui nous guettent. Odyssée est la respiration saine d'une terre malade. Elle est l'espoir d'un monde désespéré. Tous les apaisements convergent en elle. Elle assainit les eaux, démine les champs, nourrit les pauvres, elle veille les mourants.

Claire et Lucie la regardent dormir. Elles pensent : elle a l'air de prier. Elles pensent : non, elle a l'air d'une prière.

L'amour pour Odyssée emporte tout avec lui — ce que Lucie sait, ce qu'elle ne sait pas, ce qu'elle s'apprête à savoir. Il la fait pleurer pour les enfants perdus, les enfants molestés, pour les mères en deuil, les femmes infertiles, les cruautés de toutes sortes, pour l'avortement d'Alambra, les merveilles du cosmos, du monde animal et des profondeurs marines.

Ces premiers mois ouvrent une parenthèse étrange sans dedans ni dehors pendant laquelle elles se nourrissent l'une de l'autre, sont faites l'une de l'autre, de la même chaleur, de la même odeur, du même repos brisé. Cela ne durera pas longtemps, Lucie le sait, pas tellement plus longtemps que le passage par le corridor de la naissance, qu'un soupir envolé vers le ciel, que la chute d'une feuille morte, pas plus longtemps que le temps des jonquilles. Bientôt, sa fille marchera, elle traversera l'espace requis par son propre destin. C'est une parenthèse béate, un égarement bienheureux, c'est à la fois l'accueil et l'adieu d'Odyssée.

Lucie vide sa maison, jette un tas d'objets, en donne autant, essaie vainement de faire autour d'elle un espace assez vaste. Il lui semble que ce n'est plus tout à fait sa maison, mais le lieu du manque insoupçonné dans lequel elle a vécu jusqu'ici. Son sang devient lait, son lait devient sang, exigeante alchimie du corps vidé à la bouche pleine, de la bouche pleine au corps neuf. Elle se tient debout dans sa fatigue, cette débâcle, debout liquéfiée. Elle essaie vainement d'expliquer à Claire cette espèce de bonheur nostalgique, comme si le présent d'Odyssée était déjà tombé dans son passé, comme si elle avait déjà grandi, comme s'il lui était impossible de contenir sa beauté, sa fragilité. Ses émotions sont brouillées comme les ingrédients d'un milk-shake. Claire a du mal à comprendre. Un milk-shake, opine-t-elle pour ne pas la froisser.

Lucie cesse d'écrire. Elle dit que les mots se sont fanés, qu'ils sont restés sur l'autre rive. Elle dit que rien, dans le langage, n'est apte à toucher la vérité telle que son bébé la lui donne à toucher, à nourrir, à bercer. Elle dit que le langage s'échappe d'elle en même temps que le lait, elle pense qu'il ne peut coexister avec l'odeur de pain frais d'Odyssée. Elle la dépose nue sur son ventre nu et la tient proche, ainsi, longtemps, un long temps de fusion et de distance frileuse passé à traverser le choc lancinant de sa venue au monde.

Claire commence à écrire dans un cahier qu'elle a acheté pour Lucie, mais qu'elle a gardé dans sa propre chambre, au cas où.

Une seule phrase, pour commencer. *L'amour se nourrit d'irrejoignable.*

Lucie, qui ne dort jamais plus de deux heures à la fois, se sent souvent submergée par la fatigue comme par une marée haute. Elle se donne pour mandat de porter des boucles d'oreilles, coûte que coûte, et même avec sa robe de chambre, par dignité féminine, un geste simple qui change tout, insiste-t-elle, un geste à sa portée.

Claire lui rend visite chaque jour. Elle la trouve souvent en larmes à propos de tout et de rien et, un soir en particulier, à propos de son plancher.

« Quoi, ton plancher, ma belle, qu'est-ce qu'il a, ton plancher ?

— Il est sale ! »

Claire survole le plancher d'un œil critique.

« Pas si sale que ça.

— Oui, il est sa-aa-a-le !

— Lucie, détends-toi, laisse tomber !

— No-o-o-n, j'ai besoin d'un plancher propre !

— Lucie, calme-toi, on va le laver, ton plancher.

— Nooon !

— Non quoi ?

— Nooon !

— Lucie, arrête, je m'en occupe. »

Le lendemain, à la même heure, Claire fait irruption chez Lucie, assise dans un fauteuil près de la fenêtre, l'œil rivé sur la petite qui dort dans ses bras, béate, une goutte de salive en équilibre sur le plus haut de ses trois mentons. Claire est accompagnée de Solange et chacune tient une valise à la main. Saluant à peine, elles déballent avec professionnalisme l'aspirateur, le détergent, la cire. En moins de cinq minutes, les tapis sont nettoyés et roulés, les chaises renversées sur la table, Claire passe l'aspirateur et Solange la suit de près avec la vadrouille.

Elles résolvent en un clin d'œil le problème du plancher. Elles remballent leur attirail. Solange s'approche de Lucie pour l'informer, sur le ton qu'elle prend souvent dans son service de gériatrie, qu'elle traverse un POST-PAR-TUM, que beaucoup de femmes traversent un POST-PAR-TUM, ce sont tes hormones, tu comprends ?

Au diable, avec mes hormones, fait sombrement Lucie. Solange fronce les sourcils, puis les hausse en jetant un regard furtif à Claire, un regard qui veut dire vivement les suppléments d'oméga-3. Mais Claire s'est déjà penchée vers Lucie pour lui embrasser la joue. Je vais reconduire Solange chez elle et je reviens avec du chinois, combien de rouleaux? Sept, fait Lucie. Seulement sept? Lucie sourit enfin. Non: huit.

Claire revient un peu plus tard que prévu, avec les huit rouleaux impériaux et un sac de sous-vêtements pour la semaine à venir. Un à un et sans mot dire, au cours des semaines suivantes, elle déménage ses effets chez Lucie. Une fois sa chambre d'enfant vidée de tout, elle y jette un coup d'œil nostalgique et imagine Suzanne avec des coins de bouche de plus en plus tombants. Prise d'une compassion héritée de Suzanne elle-même, Claire lui laisse un billet sur l'oreiller. *Maman, merci pour tout. Ta Chouchoune.*

Claire convainc Lucie de sortir tous les jours dans l'air frais du parc de la rue Mimosa. Elle fait les courses, le ménage, la vaisselle. Elle écoute patiemment son amie lui dire ce qu'elle n'arrive pas à dire et, dans les rares cas où Lucie oublie de mettre ses boucles d'oreilles, elle enlève les siennes pour les lui donner. Elle lui achète des romans faciles et lui loue des films qui finissent bien. Elle change les couches et sort les poubelles. Elle cuisine.

Elle se lève quand Odyssée a des coliques et trouve que les hurlements de sa nuit ressemblent à ceux de sa naissance. Elle la berce. Pleure Odyssée. Le monde est dur, la vie est belle, tu oublieras. Tu oublieras ton secret de très loin, de toi seule sais où.

C'est un voyage de funambule dans des jours insolites. Le soir, Claire prend l'habitude d'écrire une phrase dans son cahier. Une seule phrase, pour l'instant.

Suzanne vient souvent voir la petite. Elle se comporte comme la grand-mère que Lucie ne peut offrir à sa fille. Elle continue d'apporter des cadeaux, toujours une nouvelle robe (si mignonne), ou un pyjama (tellement pratique), ou une poupée (tôt ou tard), ou un livre en plastique (c'est lavable). Elle remplit le congélateur de lasagnes numérotées, fait la lessive et repasse même les chaussettes. Elle observe Lucie du coin de l'œil en parlant de tout et de rien. Elle voit la tache prendre forme sur son visage, cette tache qu'elle connaît bien : la blessure d'amour. Elle sait d'expérience qu'elle ne s'effacera pas.

La pensée qui habite Suzanne, c'est Claire qui l'écrit dans son cahier : *Le jour de la naissance d'Odyssée, Lucie est entrée dans un étrange bonheur-malheur dont elle était libre avant, mais duquel, pour rien au monde maintenant, elle ne voudrait se libérer.*

Aux yeux de Claire, Lucie devient chaque jour plus tangible et elle se dérobe dans la même mesure. Claire a peur de cesser d'exister si Lucie se dérobe davantage, elle constate le battement vital de leur amitié dans toutes les parties de son identité, comme une cheville, comme un boulon, comme une penture, comme l'engrenage du cœur lui-même. Ce constat la déconcerte, l'attriste, lui fait un peu honte, la révolte. Elle n'a prise sur lui que d'une seule manière : s'approprier l'écriture que Lucie a perdue en chemin et qui l'attire doucement vers des règnes inconnus. Chercher les mots qui font défaut à Lucie, acheter d'autres cahiers et les remplir de son illisible calligraphie.

C'est ainsi qu'un jour pluvieux de novembre Claire, à sa grande surprise, prend sa revanche sur le pénible paragraphe « Les repas du soir quand mon père arrive à l'heure », en dépassant de beaucoup son quota d'une seule phrase. Par un improbable transfert de talent, elle se voit possédée par la verve d'Aurore. C'est qu'elle a décidé d'écrire pour Odyssée. Odyssée qui manquera de famille et qui la cherchera dans des fables à sa mesure — Odyssée la toute neuve sans laquelle, désormais, Claire ne serait plus que ruines, que folie.

Bord de mer

Dans ma maison, je décris les mêmes arcs de cercle et, de jour en jour, le vernis du plancher s'écaille sur ma trajectoire, à cause des grains de sable sous mes semelles. Plus je m'approche et plus j'ai envie de revenir sur mes pas. De m'éloigner de l'épicentre, là où tout se brise, où tout fait mal.

Elle ne disait jamais « maman ». Elle nous appelait « youmi » et « miyou ». Quand elle se faisait mal ou quand elle avait un cauchemar, c'était miyou. Quand elle voulait jouer, c'était miyou ou youmi. Quand miyou lui refusait quelque chose, c'était youmi, bien qu'à son grand désespoir miyou et youmi semblaient d'accord en tout point.

Je voudrais réécrire son histoire pour en changer la fin, mais je devrais d'abord pouvoir l'écrire, tout simplement. Je n'arrive pas à mettre des mots sur les images qui se pressent dans mon esprit comme les visages se collent aux vitres des métros bondés. Il n'y a pas entre elles l'espace nécessaire pour que le crayon, ou même sa pointe, s'y glisse, les écarte, les isole délicatement. La durée de sa vie se replie comme un éventail, un parasol, comme un livre — de manière telle que sa mort touche sa naissance et se referme en elle.

Je marche. C'est tout ce que j'arrive à faire. J'essaie d'avoir un pas large et lent, j'essaie d'espacer mes traces. L'air est immobile. J'espère le vent. Je souhaite le vent de tout mon cœur.

Mon esprit comme un métro bondé. Je la vois saluer son ombre sur le trottoir. Je l'entends demander si, par hasard, les mouches et le vent volent toujours dans la même direction. Je la vois mettre sa camisole à l'envers et emmêler ses lacets, assister, perplexe, à la gifle que reçoit un petit garçon dans la rue et ouvrir alors sa bouche sur une question impossible à poser. Je la vois s'empiffrer avec ses mains, marcher en observant ses bottes d'un air satisfait, faire des balles avec les pages de son livre préféré, insister pour que je dessine un poisson qui sourit ; verser son jus d'orange sur une orchidée qui a soif, barbouiller la table de cuisine avec ses nouveaux crayons feutres ; trébucher sur des obstacles invisibles en se mordant les joues pour ne pas pleurer, étudier les ailes d'un pigeon mort, choisir des cailloux trop lourds pour elle. Je l'entends dire d'Alice qu'elle sera son amie pour toujours, sachant peut-être, déjà, que son toujours sera bref.

Je la vois mettre ses pieds nus dans la mer pour la toute première fois. La mousse d'une vague vient lentement se briser contre ses chevilles. On dirait un ourlet de dentelle sur la soie de sa peau, un parfait embrassement de fille et d'eau. Elle hésite avant de sourire. En souriant, elle plonge sa main dans la mienne et me demande d'aller jusque là où les vagues se briseront dans son nombril.

Cinquième cahier
Le temps rompu

Ophélie, murmure Lucie, de façon à peine audible. Elles sont penchées sur son inquiétante éternité. Les mains sur la poitrine, des marguerites blanches et jaunes parsemées autour de sa tête rousse, son visage d'une absolue neutralité, fermé comme une boîte à bijoux dont on aurait perdu la clef. Elle a cessé d'être Odyssée en mouvement, toutes voiles gonflées. Elle est devenue Ophélie noyée, dérivant parmi les fleurs sur un ruisseau glacial. Son apparent repos sonne faux. Lucie et Claire, sans se le dire, appellent désespérément le souvenir de son sommeil nouveau-né, de son visage comme une prière. Aucun battement ne converge sur sa figure que les marguerites font paraître encore plus cireuse, plus morte que morte. Ophélie, murmure sa mère en baissant les yeux.

Lucie baisse les yeux. Elle cherche à protéger les autres de son regard qu'elle sait insoutenable. Elle l'a vu dans le miroir. Il s'est barricadé dans les tranchées de l'angoisse, il coule à pic dans les eaux du Styx. Il se réduit à cet implacable témoignage de l'absence, à cette vertigineuse mise en abîme où la perte se répercute, comme l'écho dans les cavernes, comme l'oiseau qui se heurte à la fenêtre par laquelle il espère vainement s'échapper.

Ce qui me hante, c'est la chaise en plastique. L'image la plus facile à rappeler à mon esprit, c'est celle du plastique moulé. Les quatre pattes de métal. Des pattes maigres. Les reflets bleu poudre, brutaux sous les néons. Chaise d'hôpital. Le premier jour, le dernier. Les mots plats des médecins, habitués aux miracles comme aux tragédies. L'air sec, la pâleur des murs, la largeur du vide entre eux et cette façon particulière qu'ont de briller les planchers des institutions publiques, le vide surtout, le vide qui feint la disponibilité, mais qui n'arrive à contenir ni la naissance, ni la mort, ni l'origine, ni la destination. Lieu incongru. Lieu qui ne coïncide pas avec ce qui s'y passe. Lieu qui, pour cette raison, n'a pas d'odeur.

Je suis obsédée par l'hôpital. Comme si, grâce à sa non-coïncidence, il avait absorbé tout le reste, tout ce que moi, je n'ai pu absorber. Le corps d'Odyssée habillé de sang rouge vif, le jour de sa naissance et le jour de sa mort. Sa brusque présence, sa brutale absence. Sa peau. Sa peau qui glisse sous ma main, la remplit. La remplit d'une texture impossible, un baume de soie liquide, de plumes, d'argile. Son abandon : sa façon de couler dans ces deux sommeils si différents l'un de l'autre et la façon dont je l'ai regardée dormir, insatiable, parce que c'était la première fois, parce que c'était la dernière fois. Odyssée serrée sur ma poitrine, mes vêtements tachés. Odyssée oblitérée sur les deux flancs de son propre mystère, close dans le secret du lieu d'où elle vient, du lieu où elle va.

Je voudrais réécrire la mort d'Odyssée. Ce qui me reste, c'est la chaise en plastique.

Claire ne comprend pas comment le prêtre peut parler avec autant de ferveur d'une enfant qu'il n'a jamais vue jouer. Elle ne comprend pas pourquoi on a fermé le cercueil sur un visage aussi parfait. Elle ne comprend pas pourquoi on meurt, ni d'ailleurs pourquoi on vit, et elle constate que la plupart des gens semblent se tranquilliser au son du mot « condoléances » plutôt que d'afficher une détresse égale à la sienne.

Du coin de l'œil, elle observe Suzanne, en précaire équilibre au bout du banc d'église. La tête cachée dans ses mains. Pour la première fois, Suzanne n'est d'aucun secours aux autres. Claire sait qu'elle ne pleure pas, qu'elle ne prie pas : Suzanne meurt, à sa manière — elle s'exerce à mourir dans la mort d'Odyssée.

Je dois cesser de parler d'elles. Réussir à parler de nous. Deux goélettes, projetées sur l'horizon. La mer est mauvaise. Claire et Lucie, je les vois nettement, je ne les vois nettement que dans le lointain.

Je ne relis pas mes cahiers. Je les vois qui s'empilent, remplis des histoires des autres, réelles ou fictives, et des histoires d'avant. Je les vois qui tournent autour de la cassure. Mais les vies additionnées ne peuvent rendre compte de la vie singulière, de la mort. La mort d'une seule personne, la manière dont elle gicle sur le cœur de ses proches, la couleur des lieux où elle survient, la brutale image du corps privé de sa respiration, tout cela fait mal, beaucoup plus mal, que tous les destins mis ensemble.

Je dois parvenir à m'habiter de nouveau.

Il est tard. Il est toujours trop tard, il fait toujours trop noir. Les nuits sont interminables. Lucie s'est assise dans son lit. Chaque fois qu'elle parvient au bord du sommeil, la soif la réveille. Chaque fois qu'elle avale une gorgée d'eau, elle a un haut-le-cœur. Trop de vin rouge. Elles boivent trop, toutes les deux. Dans les brumes de l'alcool, elles cherchent à se tenir la main. Chaque fois que la brume se dissipe, un effrayant paysage apparaît devant elles. Un paysage minéral, nu, fouetté par le vent : miyou et youmi n'existent plus, n'ont jamais existé. On ne peut vivre qu'en étant soi. Souvent, elles sentent battre la cicatrice qu'elles portent sous l'omoplate gauche. Cette miette d'un toujours. Elles n'en parlent jamais.

Lucie se lève. Le plancher, froid sous ses pieds, lui donne l'impression d'être en vie, en vie même ténue. Elle met sa robe de chambre. Elle tâte mécaniquement ses lobes d'oreilles, dont les trous seront, bientôt, refermés. Elle veut marcher un peu, pour être ailleurs, bien que nulle part ne soit ailleurs suffisamment. Trois fois, elle saisit la poignée de porte de la chambre d'Odyssée, trois fois elle fait volte-face et va s'asseoir sur une chaise de cuisine, le fauteuil du salon, par terre dans l'entrée, le dos au mur.

Elle prend la poignée pour la quatrième fois. Elle pousse la porte. L'odeur d'Odyssée l'assaille, pain frais, orange. Elle ne voit rien, il fait trop noir, il fait toujours trop noir, mais elle effleure du doigt tous les objets qu'elle trouve sur son passage, et même les sacs-poubelles dans lesquels elles classeront les choses à donner aux enfants qui en ont besoin. Aux enfants vivants. Elle touche les rideaux, le pupitre, les vêtements du placard resté ouvert, laine, coton, laine, toile. Elle se souvient d'une veste qui n'a pas été lavée depuis l'automne. Elle se promet de la laver demain, de la laver à la main, dès demain, c'est-à-dire aujourd'hui, enfin, plus tard, elle décide de ne pas la laver, de ne jamais la laver, jamais plus. Elle parvient au lit.

Elle s'y allonge, lentement, comme par un mouvement de la pensée davantage que du corps, comme la tour de Pise atteindrait enfin le sol après des siècles d'imperceptible affaissement. Sa joue se pose sur le dromadaire en peluche. Elle se blottit sous l'édredon brodé de dragons. Le dromadaire se loge contre sa nuque. Un improbable sommeil l'attire dans ses bras amnésiques. Elle n'entend pas le lit craquer au moment où son corps, enfin, s'y abandonne.

Il arrive souvent que nos vies se construisent autour d'une invisible équation.

Il arrive, rarement, que l'équation se révèle. Dans son bref dévoilement, si l'on réussit à ne pas fermer les yeux, on peut choisir d'être soi.

C'est le propre de l'humain, le privilège d'une espèce créative, cette possibilité d'échapper aux lois mathématiques. C'est le propre de l'humain que de désirer, dans les moments de détresse, être un arbre, n'être que la cime d'un arbre, ne pas devoir choisir et n'avoir pas aimé.

Claire, qui n'en peut plus de se retourner dans son lit, déambule mollement dans la pénombre. Toutes les nuits, elle fait son chemin à tâtons jusqu'à la chambre d'Odyssée. Elle n'y entre jamais. Elle touche la porte qui la brûle et la glace. Mais cette nuit, la porte est ouverte. Claire, à son corps défendant, se glisse à l'intérieur. Pain frais. Orange. Un jour, bientôt, même l'odeur aura disparu. Elle heurte du pied une toupie qui s'éloigne à toute vitesse. Sa cheville frôle un sac-poubelle.

Il fait noir. Il fait constamment noir. Et la chambre d'Odyssée, qu'elle connaît par cœur, est insupportablement pareille à la chambre d'Odyssée. Elle en devine les rideaux à coccinelles, la table basse, les ciseaux laissés ouverts à largeur de sa main et les contes amérindiens au signet en forme de totem gardant la page du dernier soir. Les cahiers à colorier, les animaux en peluche dont elle n'aimait qu'un seul depuis sa naissance, le dromadaire sans lequel il était malavisé de partir en vacances. Ses souliers usés, ses sandales neuves. Son sac d'école et sa boîte à lunch, tels que rapportés de l'hôpital, déposés dans un coin et s'affaissant sur eux-mêmes chaque jour davantage. Les objets de sa présence transformés, en quelques secondes à peine, en objets de son absence. Des objets que ni Claire ni Lucie n'arrivent à toucher sans entendre sa voix qui trottine, son rire qui déboule, sans se sentir emportées loin de tout.

Le lit craque. Claire plisse les yeux. Lucie, recroquevillée sous les dragons de l'édredon, le visage enfoui dans l'oreiller de sa fille, apparaît comme une tache chaude dans l'immobilité de la chambre. Le dromadaire dort avec elle, la bosse logée contre sa nuque. Claire ignore lequel des deux, en cherchant son souffle, émet le cri d'oisillon qui, seul, rappelle la vérité des heures passées ici à soutenir la croissance — à désirer secrètement la retenir dans les bras des comptines.

Claire voudrait maintenant, plus que tout au monde, avoir le courage de se glisser sous l'édredon, de se blottir contre le sommeil fragile de Lucie, de se laisser porter avec elle jusqu'au matin. Mais il y a les dragons. Ils crachent des flammes et démolissent à coups de queue le château dans lequel elles ont toujours habité. Incapables de traverser l'espace absurde du deuil pour parvenir l'une à l'autre, elles cheminent pour la première fois dos à dos, malgré elles, suivant la courbe prévisible d'une tangente très ancienne, parvenant à son point de brisure.

Claire referme la porte. Il n'y a plus de trajectoire que désordonnée. Elle passe une autre heure à marcher d'une pièce à l'autre, à s'asseoir sur toutes les chaises, à s'allonger sur les divans. Elle finit par s'endormir dans le lit de Lucie, le visage enfoui dans son oreiller.

Je me questionne sur la nature des temps rompus. Je pense à la remontée dans les époques parallèles, aux désirs de l'un accordés aux désirs de l'autre. Odyssée est ici, avec moi, dans la maison, sur la plage, mais je ne parviens qu'à la perdre, sans cesse, de nouveau. Je voudrais m'équiper de fil d'or pour repriser son passé. Lui rendre la botte qu'elle a perdue. La faire exister dans un monde sans voitures, sans école, sans jours de pluie —

mais on ne protège personne de cette façon-là sans lui gâcher sa vie.

D'ici, c'est-à-dire de nulle part, je voudrais la réécrire. Je ne parviens qu'à la perdre, sans cesse, de nouveau. Il y a pourtant ce mouvement subtil, un reflet vert jade au milieu des vagues : une forme de gratitude. Une part de moi s'entête à la remercier d'être passée par nous. D'avoir ouvert ses yeux neufs sur ce monde si dur. De nous avoir fait rire, de nous avoir disloquées. De nous avoir laissé des eaux fraîches pour toutes sortes de soifs.

S'il n'avait pas plu ce jour-là.

Si Claire n'avait pas eu cinq minutes de retard.

Si elle était venue en passant par le parc, du même côté de la rue que l'école.

Si Odyssée n'avait pas relevé son capuchon.

Si la voiture était passée juste un instant plus tard.

Si elle avait freiné à temps.

S'il y avait eu un congé scolaire.

Si Claire avait traversé la rue la première.

Si Odyssée avait manqué l'école à cause d'un rhume. D'une fièvre. Si Odyssée avait eu la varicelle, comme les autres enfants de sa classe.

Si Lucie avait acheté l'autre imperméable, celui avec un arc-en-ciel mais sans capuchon. C'est commode, un capuchon. Un peu large, mais bon. Tu grandiras.

Tu grandiras.

S'il n'avait pas plu.

Si Odyssée n'avait pas couru. Ne cours jamais dans la rue, Odyssée.

Ne cours pas.

Si Lucie était venue à l'école au lieu de Claire.

Si Claire n'avait pas eu cinq minutes de retard.

S'il n'avait pas plu.

Si, si, si, si. Conjonction hypothétique.

La dernière note de toute la gamme.

Claire a la mâchoire serrée. L'ambulancier s'affaire en hochant la tête. Rapide, efficace — terriblement silencieux. Claire reste longtemps immobile, comme si son corps s'enfonçait dans le ciment. Puis, d'un geste très lent, elle prend le téléphone dans son sac.

Lucie répond. Claire a la mâchoire serrée. Elle n'arrive pas à parler. Lucie répète « Claire? Claire? » sur un ton de plus en plus angoissé. Elle entend Claire respirer, elle entend sa mâchoire serrée, son incapacité à prononcer quoi que ce soit. Lucie se met à hurler. Elle hurle.

Odyssée sort de l'école à seize heures. Il pleut. Claire, qui a convenu de venir la chercher, est en retard de cinq minutes à peine. Odyssée flâne sur le trottoir d'en face. Elle tient sa boîte à lunch dans la main droite. Elle porte un sac à dos, des bottes de pluie jaunes et un imperméable fleuri avec un capuchon. Sous le capuchon trop large, son visage apparaît minuscule.

Elle voit Claire la première et se met à courir. Les bottes jaunes accélèrent. Le sac à dos fait des bonds sur ses épaules.

Le réveil sonne. Il est sept heures. Odyssée s'étire comme un chat quand Lucie vient la réveiller en passant une main tiède sur son front. Pendant qu'elle s'étire, Lucie entrouvre le rideau pour voir le temps qu'il fait. Il fait enfin soleil, Odyssée, est-ce qu'on met tes sandales neuves?

Il est quinze heures. Lucie donne un coup de fil à Claire. Claire, j'ai fait du classement Dewey toute la journée, je n'en peux plus, je vais arrêter dans une demi-heure et aller chercher Odyssée à l'école. Parfait, répond Claire, ça va me permettre de faire les courses. On se voit à la maison. N'oublie pas d'acheter des bananes.

Tu es superbe dans cet imperméable. Avec le capuchon, ton visage apparaît minuscule, adorable. On le prend? Qu'est-ce qu'il y a, Odyssée, tu ne l'aimes pas?
Non, youmi. Je veux celui avec un arc-en-ciel.

Le réveil sonne. Lucie passe une main tiède sur le front brûlant d'Odyssée qui est recroquevillée dans son lit. Tu fais de la fièvre, ma chérie. On va rester à la maison toutes les deux. Odyssée garde les yeux fermés, mais sourit de contentement. D'une voix endormie, elle demande si Lucie lui fera du bouillon de poulet.

Le thermos fait du bruit dans sa boîte à lunch. Le capuchon est trop large. Elle met un pied dans la rue.
C'est une voiture grise.
Grise.

L'ambulance arrive rapidement sur les lieux. Odyssée est inconsciente, disloquée. Son beau sang clair cache son visage. Ils l'attachent sur une civière, la branchent sur un appareil respiratoire. Ils brûlent tous les feux rouges. À l'hôpital, ils la poussent en courant le long d'un corridor étroit jusqu'à la salle de réanimation. Claire et Lucie attendent de l'autre côté d'une porte hermétique placardée de messages d'accès interdit. Debout. Les bras croisés. Silencieuses. Un médecin tout en vert s'avance enfin vers elles en abaissant son masque. Il sourit d'un air fatigué. Il dit, d'un air fatigué : elle va s'en sortir. Elles tombent dans les bras l'une de l'autre et éclatent en sanglots.

Lucie a travaillé toute la journée dans l'ancienne section de la bibliothèque, celle où le classement Dewey est toujours en usage. Elle doit finir à dix-sept heures, mais, peu après seize heures, elle est prise d'une violente nausée. Elle court aux toilettes et essaie de vomir. Rien. Elle se sent bouillir de l'intérieur. Elle se rend au vestiaire. Elle fouille dans son sac à main à la recherche d'une pastille contre les brûlures d'estomac. Du fond du sac, le téléphone sonne. C'est Claire. C'est la mâchoire serrée de Claire.

Odyssée sort de l'école à seize heures. Il pleut. Claire, qui a convenu de venir la chercher, est un peu en retard. Elle presse le pas. Du trottoir d'en face, Odyssée l'aperçoit la première. Elle tient sa boîte à lunch dans la main droite. Elle porte un sac à dos, des bottes de pluie jaunes et un imperméable fleuri avec un capuchon.

Elle voit Claire la première et se met à courir. Les bottes jaunes accélèrent. Le sac à dos rebondit sur ses épaules. Le thermos fait du bruit dans sa boîte à lunch. Le capuchon est trop large. Elle met un pied dans la rue.

L'ambulance arrive rapidement sur les lieux. Odyssée est inconsciente. Disloquée. Ils l'attachent sur une civière, la branchent sur un appareil respiratoire. L'ambulance brûle les feux rouges. Ils la poussent en courant le long d'un corridor étroit. Accès interdit. Claire et Lucie attendent. Debout. Les bras croisés. Silencieuses. Un médecin tout en vert s'approche en abaissant son masque. Il demande laquelle des deux est la mère de l'enfant. Lucie avance d'un pas. Pour la première fois, elle préférerait ne pas être la mère de l'enfant. Le médecin pose une main sur son avant-bras. Il dit, d'un air fatigué : nous avons fait tout ce qui était en notre pouvoir. Lucie fixe le vide, sans pleurer. Claire, sans pleurer, fixe la nuque de Lucie.

On entend un bruit sourd, mat, bref. Elle s'envole, Odyssée, elle plane comme les oiseaux qu'elle a toujours enviés.

Une petite foule faite d'enfants s'est rassemblée sur les lieux. Plusieurs d'entre eux portent encore la trace des boutons de varicelle. Ils restent sagement sur le trottoir, les yeux écarquillés. Ils viennent de comprendre pourquoi on ne doit pas courir dans la rue.

Ce sont des enfants, épargnez-les, renvoyez-les chez eux, pense Claire. L'ambulance arrive. Le corps d'Odyssée gît rouge et brisé derrière la voiture aux pneus usés, des pneus usés, à changer d'urgence. Le corps d'Odyssée, cette porcelaine chérie d'heure en heure, un cheveu à la fois, de repas en repas, de repos en repos : il est là, entier bien que brisé, présent bien qu'envolé.

L'ambulancier s'affaire en hochant la tête. Le cœur bat, murmure-t-il, avec l'air de quelqu'un qui veut changer de métier.

Claire, sans pleurer, fixe la nuque de Lucie. Elle pressent qu'elle ne verra plus Lucie que de dos, que de loin, que de la rive opposée où l'entraînent les mots du médecin à une vitesse affolante.

Nous avons fait tout ce qui était en notre pouvoir.

Claire fixe la nuque de Lucie. Elle voudrait lui offrir un monde où les enfants ne meurent pas. Elle voudrait s'approcher, mais les bouillons de l'angoisse ont déjà pris possession de ses membres et de sa volonté.

Par la vitre arrière de l'ambulance, la scène s'éloigne rapidement. Les enfants sont toujours figés sur le trottoir. Ils observent la flaque de sang, captivés comme ils ne savent l'être que devant la télévision. L'un d'entre eux tend le doigt vers l'autre côté de la rue.

Claire colle son visage sur la vitre pour voir ce qu'il désigne. C'est une botte jaune.

Mon bébé, murmure Lucie, les bras serrés sur sa poitrine. Mon bébé, mon bébé, mon bébé.

Des pneus usés, à changer d'urgence. Excès de vitesse en zone scolaire. Le chauffeur de la voiture tient sa tête à deux mains. Au moment où Claire monte dans l'ambulance, il glisse un billet dans la poche de son manteau. Claire ne le trouve que le lendemain. Un nom, un numéro de téléphone.

L'ambulance brûle tous les feux rouges.

Le cœur bat, comme sur l'échographie. Le cœur d'un haricot nerveux. D'une crevette agitée. Le cœur d'un grand amour à venir, d'un amour éternel.

Lucie sent le regard de Claire peser sur sa nuque. Elle sait que si elle n'arrive pas à se retourner maintenant, elle n'y arrivera jamais plus. Ni à se retourner, ni à s'approcher de Claire. Elle ne bouge pas. Elle n'y arrive pas. Elle se sent attirée par une force irrésistible vers un lieu qu'elle ne connaît pas encore, mais qu'elle craint pourtant depuis la naissance d'Odyssée. Un lieu à partir duquel sa vie ne sera plus que survie.

Les objets d'Odyssée reviennent dans un sac en plastique. Son sac à dos, sa boîte à lunch avec le thermos dedans. Ils ont brûlé ses vêtements, mais l'imperméable revient intact, avec son capuchon trop large et avec une botte jaune, celle du pied gauche. Lucie demande à Claire ce que ça signifie, une seule botte, avec le ton agressif, scandalisé, de qui s'est fait voler tous ses bijoux de famille. Claire bafouille que l'autre botte est restée dans la rue. Sur le même ton offensif, Lucie demande ce qu'elle veut dire par là, dans la rue, quelle rue, comment, pourquoi?

S'il n'avait pas plu ce jour-là.

Si on avait inscrit Odyssée dans une autre école.

Si elle était née dans un autre pays.

Si elle avait été obéissante, calme, attentive, si elle n'avait pas été Odyssée.

Si elle n'avait pas été.

C'est le Si ultime, l'hypothèse absolue : si Odyssée n'était pas née, elle ne serait pas morte. Ne pas l'avoir perdue serait ne pas l'avoir connue.

C'est trop.

Je ne veux pas imaginer un monde où elle n'ait pas vécu.

Peut-être préférait-elle s'envoler très tôt, très haut, si loin. D'ici, c'est-à-dire de nulle part, je ne peux travailler qu'à ma propre guérison. Embrasser ce qui a été pris, ce qui a été. La seule vie à réécrire, c'est la mienne. Le monde à désirer, c'est celui où sa mort me laissera vivante.

Ce matin-là, Claire se réveille la première au bruit d'une ambulance qui provient du boulevard le plus proche. Elle ramène les couvertures sur ses oreilles, mais voit l'horloge du coin de l'œil. Elle soupire, déjà sept heures. Elle se lève, ouvre le rideau, constate qu'il pleut encore. Elle prend sa douche, s'habille, presse six oranges, trois chacune, et prépare du gruau aux bananes.

Ce matin-là, Lucie sursaute quand la sonnerie la libère du rêve de poursuite où elle s'est enfoncée. Elle frappe le réveil, s'étire comme un chat, se lève, tente en vain de démêler ses cheveux. Elle entend les bruits de vaisselle dans la cuisine, respire avec bonheur l'odeur du café.

Odyssée est difficile à réveiller, ce matin-là, mais elle sourit à sa mère avant d'ouvrir les yeux. Est-ce qu'il pleut ? demande-t-elle, dans l'espoir de pouvoir enfin porter ses sandales neuves. Lucie regarde par la fenêtre et répond, oui, ma chérie, il pleut encore, on aurait dû émigrer avec les outardes. Odyssée fait la grimace en écartant l'édredon, place son dromadaire sur l'oreiller, va faire son pipi doré du matin.

Le jus d'orange est particulièrement sucré. Odyssée renverse du gruau sur sa robe. Lucie remplit la boîte à lunch. Où est-ce que j'ai mis mes clefs ? Claire boutonne l'imperméable. Odyssée met ses bottes à l'envers. As-tu vu mon parapluie ? Elles sortent avec cinq minutes de retard. Il n'a pas fait soleil depuis le début du mois. Odyssée, attention dans les marches.

Claire l'embrasse sur la joue. Elle la regarde s'éloigner sous le grand parapluie, sa main droite dans celle de Lucie, la gauche gesticulant pendant qu'elle raconte son rêve de la nuit dernière, de la dernière nuit. Lucie l'écoute, tête penchée. Elles s'arrêtent devant l'escalier de l'école. La cour est déjà pleine d'enfants qui jouent au ballon sur l'asphalte mouillé. Odyssée trépigne pour les rejoindre et ne concède à sa mère qu'un baiser sur le front. À ce soir, Odyssée.

À ce soir.

Le dehors du dedans

Parfois, je vais sur la plage, je prends une poignée de sable et je la jette au hasard : c'est mon geste le plus proche d'une genèse. Les grains, d'abord serrés dans un poing unique, s'envolent, chutent, se séparent. Sable semblable à toutes nos vies. Les âmes s'envolent et chutent, se séparent, ne se reconnaissent plus entre elles, se reconnaissent rarement elles-mêmes ; mais elles demeurent mystérieusement unies dans leur éparpillement. Sur le lieu de notre vérité la plus vaste, celle dont nous ne parlons jamais, nous ne cesserons pas d'être ensemble.

Le jardin est calme ce matin, la brume se lève, le sol respire, tout sort lentement d'un demi-sommeil. Je suis assise dehors, j'attends qu'apparaisse, au-dessus du prunier, la tache bleue qui confirme l'arrivée du jour. Un à un, les objets se dévoilent, chaise bancale, bêche tordue, marches de pierre. Au fond du jardin, je le vois, lui aussi : un portail de bois, ajouré.

Si je marche jusqu'à lui, ce sera en tremblant. Il ne s'ouvrira que de l'intérieur. Je penserai sans doute, je dirai : bien sûr.

Je suis prête. Je vais partir d'ici.

Je peinerai sur le sentier qui mène à Pirogue. La pente sera abrupte. Dans le jour tiède, immobile, il me semblera que le vent ne vente que sur moi. Sur moi seule enveloppée par la brise, la lumière arrivera selon un angle inversé.

Parvenue au sommet, je m'arrêterai un instant pour contempler de haut, comme un démiurge, l'étendue du paysage. Sur l'horizon trouble, le ciel et la mer s'appartiendront de manière insolite. Je prendrai à droite.

Pirogue sera calme, il sera presque midi. J'aurai soif. Je choisirai une terrasse ombragée, je demanderai de l'eau. S'il vous plaît. Bien fraîche, si possible.

J'observerai l'ordinaire des jours. Des vieux joueront aux cartes avec lenteur et sérieux, deux femmes discuteront sans se résoudre à déposer leurs emplettes, un enfant s'arrêtera dans sa course à la vue d'un chat mouillé. Des gens pressés entreront et sortiront de l'affreux immeuble de bureaux, juste à gauche de l'église, en face de l'école. L'air portera l'odeur du pain grillé et de la sauce tomate, par en dessous il sentira le large, les algues, l'essence des bateaux de pêche. Quelqu'un déposera le verre d'eau sur ma table.

Ce sera un jour parmi tant d'autres et, pourtant, un événement extraordinaire se sera produit : je ne manquerai de rien.

Table des matières

Imprimé sur du papier 100 % postconsommation,
traité sans chlore, certifié Éco-Logo
et fabriqué dans une usine fonctionnant au biogaz.

REJETÈ
DISCARD

MISE EN PAGES ET TYPOGRAPHIE :
LES ÉDITIONS DU BORÉAL

ACHEVÉ D'IMPRIMER EN AOÛT 2008
SUR LES PRESSES DE MARQUIS IMPRIMEUR
À CAP-SAINT-IGNACE (QUÉBEC).